Menteur

Patrick Cauvin

Menteur

ROMAN

Albin Michel

22, rue Huyghens, 75014 Paris

ISBN 2-226-06337-4

« Mens, car tu ne sais pas qui te mentira. »

Claude KLOTZ

Prologue

ELLE est tellement volumineuse qu'elle n'a jamais dû pouvoir entrer dans un rêve. Même en forçant.

C'est peut-être pour ça qu'elle est là, d'ailleurs... « Docteur, je suis si forte que je ne tiens pas dans les songes des hommes, je n'entre pas dans leurs désirs, je déborde de leurs envies trop étroites... Rendez-moi fine, ondoyante et flexible, que je m'insinue dans les fantasmes, que je peuple de mes sinuosités graciles leurs désirs éperdus... Je ferai tout, des régimes, des privations, des gymnastiques, des haltères, du saut à la perche, des bains de vapeur, j'emplirai les poubelles de mes choux à la crème, de mon petit salé aux lentilles, de mes éclairs, de mes babas, une croix sur mes cassoulets chéris, sur mes choucroutes adorées, du sauna vingt fois par jour, de la Badoit par bonbonne, adieu mes saint-émilion, mes quadruples jambon-beurre, mais qu'une fois au moins dans ma vie je jaillisse des graisses, que j'apparaisse enfin, fluette et délicate, délivrée du berceau des rotondités qui depuis l'enfance m'ensevelit... Car je suis en dessous, dissimulée, ma vérité est sous le lard, ma forme vraie est camouflée sous les matelas de mes épidermes... il n'y a pas plus mince, plus maigre que moi. Sauvez-moi, docteur, de mon apparence. »

Toujours cette tendance à imaginer les désirs des autres. A me mettre à leur place... rentrer dans une tête. C'est la preuve que je m'emmerde.

Je m'emmerde.

Enfin j'essaie.

Ce serait l'idéal. Cela ferait taire la voix aigrelette et terrifiante, le crissement insidieusement méchant : « Alors, monsieur Berthier, on vient chercher ses résultats ? Qu'est-ce qu'on s'imagine, monsieur Berthier, qu'ils vont être bons ? Ah, l'incorrigible monsieur Berthier, avec son optimisme... Il a attendu trop longtemps, monsieur Berthier, il a voulu faire le négligent, le faraud. Pourtant, il a été prévenu : des douleurs diffuses puis plus précises. Et vous croyez que ça l'a fait bouger ? Pas du tout, une aspirine et on n'y pense plus, enfin on tente de ne plus y penser... On se fie à sa bonne étoile, on aborde les raisonnements vasouillards et consolants : ça ne peut pas être grave... je ne maigris pas, donc ça ne peut pas être *ça*. Ça peut être tout bien sûr, mais pas *ça*. »

Et puis je me suis décidé, je suis arrivé chez ce con. Un homme qui est susceptible de vous annoncer une mauvaise nouvelle est toujours un con. Il m'a palpé... j'ai guetté la grimace, l'expression de sa tronche de faux jeton, pas un pli n'a bougé, pas un rictus, ni inquiétude ni satisfaction.

Ce type devrait jouer les blocs de marbre dans les péplums, les Indiens dans les téléfilms. J'ai avalé ma salive, enfin ce que j'ai trouvé au fond de mes amygdales et qui devait être de la salive, et j'ai flûté :

— Alors ?

Il n'a pas bougé un cil.

— On ne peut rien dire. Il faut faire des examens.

Et voilà, c'était parti... des examens. C'est encore plus dur pour un prof. Ça vous renvoie aux temps anciens... j'en ai toujours eu horreur, d'ailleurs. Je les ai tous faits, du certif à l'agrégation, en passant par le BEPC, le bac, les licences ; je ne parle pas des concours par pelletées, des écrits par tombereaux, des oraux par charrettes, des maîtrises par paquets de douze, des thèses en vrac, et ce crétin qui vient me parler d'examens...

Bon Dieu, ce qu'il fait chaud ici.

Je déteste ce salon. La pendule dix-huitième sur la cheminée dix-huitième avec les fauteuils dix-huitième sous un lustre dix-huitième dans un immeuble Vincent-Auriol. Un peu de silence dans ma tête, s'il vous plaît... j'ai un tam-tam dans les tempes, un tambour de jungle... Les porteurs avancent sous la chaleur humide, torses musclés fouettés par les lianes... des serpents autour des hanches. Boum boum boum, verte obscurité des palmes ruisselantes... le tigre s'insinue dans les hautes herbes et Ava Gardner qui gambade insouciante, délurée, tra la la lalère... Elle se croit à Hollywood dans une garden-party, dans la serre du Jardin des Plantes, elle n'a pas vu le fauve ramper, trois cents kilos de muscles bruts. Que fout Clark Gable, bon Dieu... elle va se faire bouffer...

Pensons à autre chose, je vais finir par me liquéfier si je continue à me balader en forêt tropicale.

Donc, salon d'attente du docteur Pamphile. Boulevard Haussmann, Paris. Hauts lambris, ascenseur vieillissant et cramoisi, silencieux et obséquieux comme un majordome... Moquettes chafouines. On rentre là-dedans comme un suppositoire. Porte à double battant et plouf sur le canapé. Il y a déjà du monde et la question se pose : faut-il dire bonjour ou ne pas dire bonjour ? Dire bonjour, c'est faire du bruit, et le bruit ici c'est incongru, c'est même obscène, manque de savoir-vivre. Pas sûr qu'on vous réponde. Les clients ont les têtes spéciales qu'ont les humains dans les salles d'attente : pas entièrement vivants. De l'autre côté, ne pas dire bonjour est incorrect, ça fait rustre, il faudrait être invisible, ne pas déplacer d'air, être un zéphyr, un léger fantôme, exister mais à peine. C'est ça les malades, ils existent moins... sauf la dame en face parce qu'elle, elle existe, elle existe de façon indéniable, personne ne peut tenter de prétendre le contraire, même avec mauvaise foi.

Deux heures à passer.

Mon Dieu. Je ne tiendrai pas.

Bien sûr, il y a les magazines. On pourrait épiloguer longuement sur les magazines des salles d'attente. On pourrait en faire des volumes, de véritables encyclopédies. D'abord et surtout, il y a toujours, que ce soit chez le coiffeur, le toubib, le vétérinaire, l'avocat, bref, dans tous les endroits où on attend, il y a toujours des revues d'automobile.

Toujours.

Des piles. La nouvelle Renault, la dernière Maserati, le retour des décapotables, l'invasion des japonaises, le triomphe de la berline, le cabriolet de demain, le coupé d'avant-hier. Des photos partout, multicolores, avec les coupes des moteurs en long et en large, et le nombre de cylindres, et les chiffres par colonnes... Ça s'empile sur la table, ça déborde sur la moquette, les canapés et moi, la voiture, ça m'exaspère, ça me révulse, ça fait du bruit, ça sent l'essence, ça tombe en panne, ça coûte du pognon, ça prend de la place, je cherche à oublier la mienne et là, tout d'un coup, elles surgissent, battant des feuilles, j'entends les klaxons, les freins, c'est plus un salon, c'est un garage, c'est le tunnel de Saint-Cloud au mois d'août, le premier août, le bouchon absolu, l'embouteillage à perte de vue, la journée rouge, j'aurais pas dû venir, Bison Futé a dû déconseiller, ça y est, je m'énerve à nouveau.

Donc, chez Pamphile gastro-entérologue distingué et hors de prix du boulevard Haussmann, se trouvent, comme ailleurs, quelques tonnes de journaux à bagnoles. Il n'a pourtant pas une tête à ça, Pamphile, on ne le voit pas du tout les mains dans le cambouis ou passer les chicanes au Grand Prix d'Hockenheim. Plutôt l'allure à prendre un taxi bien pépère et à regretter le temps des fiacres.

Toujours cette tendance à penser qu'il y a un

rapport entre le propriétaire des lieux et le genre de revues qu'on y découvre. Comme s'il les lisait d'abord et les fourrait ensuite dans son salon. Une sorte d'indice de personnalité... Certains doivent cultiver ça. Ils se farcissent en douce les aventures de Placid et Muzo : Placid et Muzo au Far-West, Placid et Muzo en goguette, Placid et Muzo vont à Paris, Placid et Muzo contre les Vénusiens, etc., et ils empilent devant leurs clients la collection intégrale de la *Nouvelle Revue d'épistémologie génétique...*

— Alors comme ça, docteur, vous vous intéressez à l'épistémologie génétique ?

— Oui, oui, en effet, je m'en délecte, c'est ma passion, mon violon d'Ingres ; dès que j'ai une seconde à moi, ce qui est rare, je plonge dans une revue d'épistémologie génétique, c'est plus fort que moi, presque un vice...

Il ne sait même pas ce que ça veut dire « épistémologie génétique », il s'en tape complètement, mais il peut en parler des heures, c'est ça la culture.

— Allez, au revoir, docteur, et merci, et ne lisez pas trop d'épistémologie génétique.

Pas de risques, la cliente n'a pas refermé la porte qu'il a déjà plongé dans Placid et Muzo au Vatican.

Et puis je me demande comment ce salopard de Pamphile se débrouille, s'il le fait exprès ou s'il laisse opérer le hasard, mais les quatre cinquièmes de ses torchons sont des canards pour femmes. C'est plus qu'agaçant, c'est rédhibitoire. J'ai, depuis quelques semaines, une assez belle expérience des salles d'attente, et je peux l'affirmer la main sur le cœur : un type qui, assis sur une chaise, feuillette les grandes pages luxueuses sur lesquelles se pavanent des créatures squelettiques présentant la mode d'hiver est un type qui a dépassé les limites mêmes de l'ennui. J'en ai vu un, il n'y a pas quatre jours, qui, en attendant la prise de sang, avait sorti son stylo et cochait les cases d'un questionnaire intitulé : « Prête pour l'été ? »

Il semblait hésiter à placer une croix devant la question « Il vous invite pour la première fois, mettez-vous :

a) une jupe minimoulante ?

b) votre robe la plus romantique ?

c) votre cher vieux jean ? »

Il m'a semblé avoir opté pour le *b*. Je comprends son hésitation. J'ai moi-même balancé, ayant la même revue entre les mains. Ces lectures ne sont pas totalement inutiles, j'y ai appris une recette concernant la préparation de la confiture de mangues (rubrique « Fruits d'Ici et d'Ailleurs ») et également — ce fut une révélation pour moi — les incroyables vertus du blanc de poireau contre l'acné juvénile. Bien que ce dernier avatar ne fût plus véritablement mon problème, j'ai eu beaucoup de joie et de regret d'apprendre que, si j'avais su un demi-siècle plus tôt que des applications de ce légume permettaient la suppression de ces disgracieuses et grasses rougeurs, je me serais évité cette funeste appellation de « Francfort-Frites » qui hanta mon adolescence. Peut-être même aurais-je pu retenir l'intérêt d'Adrienne Filasson, élève de quatrième au lycée Fénelon, dont les charmes sévères meublèrent ma pensée tout un long trimestre scolaire. Cette médecine figurait au chapitre : « Petits maux, Petits remèdes », et j'en recommande vivement la lecture. Je regarde à présent le poireau d'un autre œil et mon passé sous un autre jour. Les hommes ne lisent jamais assez ce que lisent les dames.

Quatre avant moi.

C'est facile à calculer. Pamphile passe une demi-heure par client. Que vous ayez l'ombre d'un frémissement d'imperceptible colique, il vous gardera une demi-heure. Que vous ayez perdu, en venant, les trois quarts de vos intestins, si votre estomac prend l'eau, si le foie vous sort par les oreilles, si vous crachez votre rate et que vous transportez votre pancréas dans un bocal, il vous gardera une demi-heure.

Tel est Pamphile.

Donc, pas de calculs compliqués à effectuer, ils sont quatre, quatre fois une demi-heure, résultat des courses : je suis là pour deux heures.

Deux heures.

Je ne tiendrai pas.

Je vais périr d'ennui.

Mes deux dernières heures d'incertitude ; les cent vingt dernières minutes sans savoir. Après ce sera foutu, fin du suspense... le temps pendant lequel il reste l'Espoir est un temps béni : de la tension bien sûr, mais il suffit d'être un peu optimiste pour que l'horizon demeure lointain, brumeux, indiscernable. Ça mérite d'être passé agréablement, mais expliquez-moi comment passer deux heures agréables enfermé au cinquième étage d'un appartement meublé Louis XVI avec quatre inconnus soudés à leur chaise, dont une dame quasi sphérique. Une dame-boule.

Évidemment, on pourrait jouer. Aux quatre coins, à la chandelle, à saute-mouton, à chat perché. Quelque chose me dit qu'ils n'accepteraient pas.

Tenter de deviner leurs vies, leurs professions... comme Sherlock Holmes. Pas très excitant.

Ou faire monter des bières, des sandwiches, comme le commissaire Maigret.

— On va commencer par toi, le maigrichon. Qui a tué la crémière ?

Paf, deux dents qui sautent.

— Vous n'avez pas le droit !

— J'ai tous les droits. Où étais-tu à dix-sept heures lundi ?

— Lundi ?

— Répète pas après moi, cherche pas à gagner du temps.

— Mais je...

Paffff, encore deux incisives.

— Où t'étais lundi ?

Le maigrichon fixe la fenêtre. Pas l'air de se douter qu'il a quatre dents en moins et qu'il risque sa tête, l'enfoiré.

— Calmez-vous, Berthier, si le divisionnaire l'apprend, vous risquez votre place.

— M'en fous.

Je lui saute sur le râble au maigrichon, je le piétine, je le malaxe, je le tarte à la volée, je le...

mais qu'est-ce que j'ai contre ce pauvre diable ? Qu'est-ce qu'il m'a fait ? Tout à fait incapable de faire quelque chose à quelqu'un, il est là, assis bien tranquille dans son petit costume du dimanche, un peu flottant. Curieux quand même que j'aie choisi le plus chétif pour le bousculer. Je dois être lâche même en rêve. Je ne me serais pas attaqué au mastard sur le canapé : vingt-cinq ans, toutes ses dents, le cheveu riche, pleine peau, il a du biscoteau sous le blouson, celui-là. C'est le style : tout me réussit. Enfance facile, études brillantes à Janson-de-Sailly, excellent cavalier, il monte avec Gontran et Isaure depuis l'âge de quatre ans. Quatre coupes en saut d'obstacles. Premier à la descente de Megève en 92. Un peu casse-cou en deltaplane mais les études n'en souffrent pas, deux ans à Harvard, et qui est-ce qui te monte sa petite entreprise à Silicon Valley et t'enfourne quelques millions de dollars, vite fait bien fait ? Je ne parle pas de ses aventures, seulement de la cover-girl bronzée de luxe spéciale Miami, trois jours aux Bahamas avec Miss Floride, une métisse cubaine de dix-sept ans et demi, 102-53-98, dite Sweety-Shop-Shop, ex-entraîneuse au Cabana Bang-Bang, discothèque topless à Porto Rico, mais il faut bien que jeunesse se dore ! Et le voilà marié à Alexandra Buckmaster, troisième fortune européenne après la reine d'Angleterre et les Rothschild. Trois beaux enfants blonds souriants épanouis, baveux, bovins, béats, une nurse chacun et une piscine olympique dans le parc. L'été en Toscane dans le palais de papa, l'hiver à Kitzbühel. Vous avez essayé le monoski ?

Et le reste du temps dans notre pied-à-terre de Madison Avenue, mille cinq cents mètres carrés en palissandre et bois doré, les fenêtres donnent sur l'Hudson, c'est divin d'avoir New York à ses pieds, Alexandra adore. Personnellement, je préfère Chenonceaux, je l'ai acheté l'année dernière... un peu humide mais j'ai toujours aimé l'ancien... donc, vous me demandez où je me trouvais lundi dernier à dix-sept heures ? Eh bien, en quittant la Bourse, j'ai...

Rereplaffff.

Trois dents qui sautent. Celles de devant, les apparentes.

— Mais qu'est-ce qui fous prend ? Fous êtes finglé ?

Replaffff... je l'ai collé au mur, le foutriquet, il a du sang qui lui dégouline sur la chemise soie-cachemire. Cette fois, il va parler.

— Je feux mes afocats.

La dérouille d'abord, il faut qu'il crache ses aveux, foi de Lemmy Caution, (agent fédéral américain).

Si je continue à le tabasser pendant deux heures, je vais fatiguer et ça va être lassant... et puis, il a l'air sympa, au fond, tout effondré contre son dossier, avec ses bonnes joues bien pleines et son œil bleu : non, décidément, il est innocent aussi. Comme ça ne peut pas être la grosse dame à mon sens incapable d'escalader cent cinquante mètres de façade en rappel, d'étrangler la victime et de redescendre en emportant le corps, reste le quatrième. Examinons-le de près, mon cher Poirot.

Cet homme est indéniablement chauve. Ce détail peut avoir son importance. Malgré les efforts qu'il fait désespérément pour les dissimuler, il semble évident qu'il porte des lunettes. Triple foyer et monture d'écaille. Autre détail à ne pas négliger. De plus, et cela n'échappe pas à un œil un tant soit peu initié, il a une moustache. Là se pose la question : vraie ou fausse ? Il faudra procéder à un examen attentif pour en décider.

Âge approximatif : soixante-dix ans. Activité présente : il lit.

Ou tout au moins il tente de le faire croire. Action, mon cher Hercule.

Plaffff. Deux molaires en l'air.

— Mais qu'est-ce qui fous prend ?

— Où t'étais lundi à dix-sept heures ?

Incroyable que je finisse toujours par cogner sur quelqu'un. Pas une créature humaine plus pacifique que moi... Même enfant, je n'ai pas le souvenir d'une échauffourée, d'une bataille. Maman m'a dit que, dans le bac à sable, je donnais mes pelles, mes seaux, mes voitures, aucune défense et maintenant, je ne peux rester cinq minutes assis sans assommer trois personnes.

Bruissement d'une page tournée. Il y a une vague rumeur au-delà des fenêtres, un fond permanent, une purée de sons. Paris, incessant, invisible mais présent, jusque dans cette pièce close, aquarium où nous flottons, cinq poissons sur le sable, cinq poissons échoués au fond du bocal. A travers les rideaux, monte une lueur de fraise : c'est, sur les tuiles et le zinc des toits, la couleur que prend le crépuscule...

Je pourrais essayer de dormir, mais je sais que je n'y parviendrais pas. Trop d'angoisse, et puis ce serait gaspiller ce temps qui me reste, un temps dont la mort est absente, où elle n'est qu'une certitude lointaine, indéfinie, à peine esquissée ; non, décidément, je veux profiter encore... Depuis des semaines, je recherche des signes, je prends des paris : si le feu passe au rouge avant que je n'aie compté jusqu'à dix, les résultats seront bons ; si je croise cinq piétons avant d'être arrivé à l'extrémité de la rue, ils seront excellents ; si je fais un nombre pair d'enjambées pour entrer chez l'épicier, ils seront inespérés... Je triche, forcément, je raccourcis mon pas ou je le rallonge, je compte moins vite, je force le hasard, je me sers un whisky : s'il y a moins de six gorgées, tout ira bien ; je rentre dans ma chambre : si mon pyjama est resté à l'envers, c'est parfait, si j'ai plus de quatre appels sur le répondeur c'est magnifique ; bref, ma vie est devenue une longue liste de signes à interpréter. Aucun Papou, Hottentot, Bochiman, Indien d'Amazonie, aucun indigène du fin fond de la plus obscure tribu enfouie de la jungle la plus épaisse, n'est plus superstitieux que moi, plus livré aux forces magiques.

Si le costaud au blouson tourne une page avant trente secondes, c'est bon signe.

Top.

Il tourne pas. Il lit. Enfin je suppose qu'il lit. Il

ne sait peut-être pas. Dix secondes. Il cherche à faire croire qu'il sait, mais il n'a jamais pu apprendre. Trop con. Tourne, bon Dieu, tourne. Cinq secondes...

Il ne va pas me faire croire qu'il faut autant de temps pour finir un article, ça fait une demi-heure qu'il est dessus. Il dort les yeux ouverts, ou alors il est mort.

Top.

Page non tournée.

Aucune signification, bien sûr. Il faut être taré pour croire à des choses pareilles. Aucun sens. Cela ne signifie rien. Sinon que je pétoche, mais ce n'est pas une nouveauté. J'ai toujours été pétochard.

En tout cas, le problème n'est pas résolu, qu'est-ce que je vais faire pendant ces cent vingt minutes ?

Retour aux magazines.

Autres caractéristiques des revues présentes dans les salles d'attente : il manque la couverture et les mots croisés sont faits. Ces lieux sont hantés de cruciverbistes patentés qui doivent passer le temps à arracher les couvertures. C'est peut-être là un moyen pour passer l'hiver au chaud. Un coup de fil pour demander un rendez-vous en fin de journée. On arrive à quatorze heures et on attend, peinard ; quand arrive son tour, on s'éclipse en douce. Excusez-moi mais je dois m'en aller... C'est plus confortable que le métro sauf qu'on ne peut pas s'étaler sur la bergère. En fait, ma brochette de quatre clients pratique cette méthode. Ce sont de faux malades. Cela explique leurs regards fuyants, leurs léthargies benoîtes. Ils passent la saison froide de spécialiste en généraliste, ils se refilent les tuyaux : vous avez fait l'ophtalmo de la place Clichy ? Oui, excellent chauffage, en général j'enchaîne avec le cardiologue de la rue Caulaincourt, un bon accueil mais les sièges sont rebutants : au bout de six heures c'est la crampe dans les fessiers. Ah oui, vraiment ? Vous devriez essayer l'oto-rhino de la place Balard, c'est un peu loin, mais alors, tout en cuir anglais, c'est simple, à peine posé je m'y endors... après, je passe au rhumatologue rue des Francs-Bourgeois, si vous aimez le style Empire, vous serez servi ; les meubles sont un peu chargés, mais c'est charmant. Par contre, je vous déconseille le pédiatre du boulevard Masséna : depuis qu'il a fait installer le chauffage au sol, j'ai les chevilles qui gonflent, ça me rend malade, et c'est embêtant parce que si je suis malade, je serai obligé d'aller voir le docteur.

Donc, moi seul suis un vrai client face à quatre falsificateurs. D'ailleurs, ils ne présentent aucun signe inquiétant, tous respirent la santé. Même le maigrichon. Un peu pâlot peut-être, mais rien d'alarmant, quinze jours au grand air et un bon fortifiant, et tout va bien.

Salaud.

Alors, voyons un peu les nouvelles.

« Il ne faudrait pas inférer du fait que l'accroissement du Produit national brut, depuis les trois dernières années, suivait un mouvement uniformément accéléré, qu'il doive en découler automatiquement une amélioration, tant du dynamisme des entreprises que d'une transformation quasi structurelle des habitudes de consommation, et notamment de glissements de cibles quant aux techniques commerciales, tant du point de vue de la vente que de celui de l'achat. »

Je n'arrive pas à le croire.

J'en suis comme deux ronds de flan.

Ainsi donc, je ne peux pas inférer que l'augmentation du Produit national brut n'entraîne pas un glissement structurel des machins-choses !...

... Quand je pense que c'est ce que j'ai failli faire, ayant toujours eu tendance à inférer... un vrai coup de chance que je sois tombé là-dessus ; j'aurais pu continuer à vivre sans le savoir. Il y en a quatre pages comme ça. Je passe les graphiques.

Pubs de parfums. Femmes déployées, immenses, mannequins basketteuses... filles des Iles drapées dans des volutes odorantes... mecs costaud tâtant de l'après-rasage et du déodorant. S'accouplent-ils, la revue refermée ? L'obscurité venue, emmêlent-ils leurs corps superbes de papier glacé ? La Suédoise platinée au savon super-moussant se farcit-elle le surfeur baraqué du gel sous la douche ? On devine les étreintes parfaites dans les odeurs de salle de bains, hygiène absolue, pas un gramme de graisse, pas de sudation, d'imperfection quelconque, pas un repli, pas une cellulite, pas un milliard de millimètre de caca caché. Une véritable dégoûtation.

Ah, le soleil qui va mourir et nous avec. C'est la nouvelle scie. La découverte palpitante. Plus que cinq milliards d'années et c'est cuit. Cuit est d'ailleurs le mot qui convient. Donc grand article avec photos d'astres en fusion, étoiles filantes, nébuleuses, galaxies explosées, etc., etc. De quoi périr d'ennui. Pourquoi ai-je toujours été ainsi ? Tout ce qui est céleste m'ennuie au-delà de tout. Une de mes tantines m'avait offert un télescope et j'ai dû faire semblant de m'intéresser : Bételgeuse, Aldébaran, le Grand Chariot, la Petite Ourse et patati et patata : aucun intérêt. Donc, plus que cinq milliards d'années à vivre. Aurai-je le temps de rentrer chez moi ? Nous devons adorer, frères humains, les catastrophes à long terme, cela nous permet d'éviter de penser aux autres. En tout cas, difficile d'ouvrir ce genre de publications sans tomber sur les anneaux de Saturne, la Lune vue par-derrière, Mars de profil, Uranus de face, une vraie colique. Tiens, la famille royale d'Angleterre. Ce qui en reste. Si, à force de jouer au golf, au polo, de parader en calèche, de dormir à Westminster, de crécher à Buckingham, on finit par ressembler à ça, c'est à désespérer de la vie de château. Enfin, la Reine est inquiète. C'est bon à savoir. C'est ce que précise le titre de l'article : « Inquiétude royale. »

Et pourquoi elle est inquiète, la Reine ? On peut se le demander. Pourquoi cette inquiétude ? Eh bien, elle est inquiète parce que sa bru déconne. Voilà, c'est simple. Vous ne seriez pas inquiet, vous, à sa place ? Non ? C'est parce que vous n'êtes pas reine, parce que lorsqu'on est reine, il faut que les brus filent droit ; s'il y a du laisser-aller, si le ménage bat de l'aile, s'il y a relâchement et flottement, sur qui c'est-y que ça va retomber ? Hein, sur qui ? Je vous le donne en mille — ça retombe sur la Couronne. Toujours sur elle. Alors, évidemment, la grosse en face, elle s'en fout, sa bru peut s'envoyer en l'air tant et plus, se taper tous les régiments de horse-guards et l'archevêque de Canterbury en prime, elle n'en a absolument rien à cirer, elle bouge pas un pli ventral pour autant, et savez-vous pourquoi ? Parce qu'elle n'est pas reine. C.Q.F.D.

Terminé pour le magazine.

Ça m'a occupé au moins quarante-cinq secondes. Nerveux.

Cent vingt minutes. Huit quarts d'heure.

Huit sacrés quarts d'heure.

Tiens, c'est une idée...

J'ai dû en passer des sacrés quarts d'heure ; si je fais les comptes, je dois bien pouvoir en trouver trois ou quatre.

Plus j'y réfléchis, plus je pense que c'est la solution. Plongée dans les profondeurs. Mets ton scaphandre, mon vieil Antoine, et pêche-moi quelques gros poissons de mémoire. En soixante-cinq printemps, je dois bien pouvoir m'extraire quelques souvenirs. Une vie n'est pas si morne qu'il n'y ait pas prise pour l'exceptionnel. En fermant les yeux, je dois pouvoir revivre, redonner couleurs et reliefs, cela viendra en vrac sans doute, pas de chronologie, de rangement. Au hasard de la fourchette... il suffit de se laisser aller. Je vais fermer les yeux pour que le décor disparaisse ; la pendule, la grosse dame, la cheminée, le maigrichon, le lustre à pendeloques, le costaud, les divans, les moulures et mon voisin de gauche. Tout va s'évanouir, jusqu'au frôlement des pages et des soupirs. La nuit va venir... j'ai envie de me regarder vivre au temps où être vivant allait de soi. J'ai dû être bien désinvolte avec l'existence, je crois que je l'ai traitée un peu négligemment. Je vais pouvoir me rendre compte. Je me sens au cinéma soudain, je m'enfonce dans le fauteuil, et les rideaux s'écartent : l'écran va s'éclairer.

Me voilà !

Quel âge puis-je bien avoir alors ?... Quinze ans ? Peut-être seize. Pas plus, en tout cas. Mon Dieu, cette chemise... je l'avais oubliée... Elle me fait le cou trop long. Je l'ai gardée cinq ans. Un martyre. J'ai l'air gentil. Gentil mais con. Peut-être plus con que gentil d'ailleurs. Une question d'éclairage.

Générique.

Première partie

— FRANCFORT-FRITES !

Ça y est, ça a recommencé. Juste à la sortie, au moment où il y a le plus de monde et où les filles déboulent. On va pas me dire qu'ils le font pas exprès. Les trois mêmes toujours, évidemment Boulut, Garcieux et Tonelier. Quand je les ai vus m'attendre devant la porte du bahut, je me suis pensé, attention mon petit Berthier, ça va être ta fête.

Ça n'a pas loupé.

— Eh, Francfort-Frites, t'as trouvé combien à ton probso ?

Ton « probso » !

C'est son grand-père qui a dû lui apprendre l'expression. On est quand même en 1947.

Bien sûr, elle était là, derrière Garcieux. Elle avait fait la queue-de-cheval, mis le pull qui moule, les socquettes et le rouge à lèvres débordant. J'ai donné immédiatement dix milliards de dollars et vingt ans de ma vie pour qu'elle n'ait pas entendu. Il aurait pu y avoir juste une voiture passant, un coup de klaxon, quelqu'un qui tousse, un tremblement de terre, ou alors simplement qu'elle ait une otite, ça arrive les otites, ça n'a rien d'extraordinaire, ça tient pas du miracle, il y a des millions de gens qui ont des otites, eh bien, pas elle. Elle rigole déjà.

— Comment vous l'avez appelé ?

Voilà. Pire que tout. Pire que tout ce que l'on peut imaginer de pire avec les filles. A part perdre ma culotte au milieu de la cour, je ne sais pas ce que je pouvais craindre le plus. Et les trois connards qui ricanent, qui savourent. J'ai les joues qui pètent le feu.

— Francfort-Frites.

A mourir de rire.

— Et pourquoi Francfort-Frites ?

Parce qu'elle veut toutes les précisions, s'agit pas de laisser la moindre chose dans le vague... Dans le détail, bien croustillant, bien juteux, pour avoir de quoi raconter aux copines du lycée. Elles doivent pas être si nombreuses que ça dans cette boîte... à peine trois mille... trois mille qui, chacune, doivent bien connaître quatre filles de leur âge, ça fait douze mille, et comme elles vont trouver ça marrant, elles vont le rapporter à d'autres qui le répercuteront, et je ne parle pas des mamans demain au bureau :

— Vous savez ce qu'elle m'a dit, ma fille ?

— Non, qu'est-ce qu'elle vous a dit ?...

— Le fils Berthier, le petit avec l'acné, vous savez comment on l'appelle ?

— Non, on le sait pas, mais vous allez nous le dire.

Et voilà. Ça, c'est pour Paris, mais ça va pas s'arrêter là, parce que tous ces gens ont des parents en province. Dès demain, ça va commencer :

— Allô, Tantine...

— Qui c'est ?

— C'est Micheline, il fait beau à Vierzon ?

— Il y a un peu de vent mais...

— On s'en fout, c'est pas pour ça qu'on vous téléphone. Vous savez comment on l'appelle le fils Berthier, Tantine ?

La France, demain l'Europe jusqu'à la frontière Oder-Neisse. En plus, personnellement je m'en fous, parce que cette fille, elle m'indiffère. Pour connaître l'étonnant niveau de son intelligence, il suffit de savoir que c'est la poule à Boulut.

Ça révèle le genre.

Parce que Boulut, c'est un champion de la cervelle. Au premier trimestre, il a étalé sa science avec Maisieux, le prof de physique-chimie.

On était en optique et Maisieux, il attaque dès le début de l'heure.

— Boulut, au tableau.

Moins faraud au tableau que sur le trottoir, le Boulut.

— La théorie de la loupe, dépêchez-vous.

Boulut prend la craie, se dandine, racle les pieds, dessine un cercle et trace un bâton en dessous, vertical. Un silence. Quand il y a du silence avec Maisieux, c'est que ça va chier.

A la fin du silence, c'est Maisieux qui montre du doigt le bâton comme si le tableau était bourré de dynamite.

— Qu'est-ce que c'est que ça ?

Boulut se desserre le col, toussote, regarde un peu ailleurs et susurre :

— C'est le manche.

Resilence. Dans quelques secondes, une tribu de Comanches déchaînés va dégringoler des collines.

— Et le cercle ?

— C'est la loupe, m'sieur.

Ben tiens, cette bonne blague, comme si c'était utile de poser une pareille question.

Enfin, tout ça pour dire que Boulut n'est pas quelqu'un de particulièrement affûté du côté des centres supérieurs, eh bien, il n'y a rien à faire, c'est ce qu'elles doivent aimer parce qu'il est toujours cousu de filles. Il suffit qu'il soit là pour qu'elles surgissent. En grappes, en bouquets, dans le bus, partout, il trimbale son escouade et évidemment, Garcieux et Tonelier viennent lui prêter main-forte : et que je te pépie, et que je m'esclaffe, longs rires, chatouilles, chahuts, ah ah ah, et on se dandine et on se cambre et on en lance de bien bonnes, quelle joyeuse bande on fait. Donc je les hais.

Il faut dire que je n'ai pas de chance : je n'ai pas de sœur. Parce que la sœur aide terriblement puisque la sœur a des copines, et dès qu'il y a des copines, il y a des copines de copines, et dans le lot, c'est quand bien même le diable si on ne s'en fait pas une. Donc pas de sœur et pas de voisines non plus puisqu'on est en pavillon. Je vois Tonelier, par exemple. On peut pas dire qu'il se soit cassé la tête : il sort avec la fille qui habite au-dessus de chez lui. Y a pas de quoi pavoiser. C'est pas la peine d'être Einstein dans ces cas-là. Si j'avais des voisines partout, moi aussi je choisirais dans le tas. Seulement voilà : le pavillon meulière.

Vous me direz qu'il y a d'autres pavillons meulière autour. Exact, mais pas de filles dedans. Ça paraît à peine croyable, mais c'est ainsi, ça doit être un fait scientifique bien établi : dès que vous voyez un pavillon meulière, vous pouvez trouver toutes sortes de choses à l'intérieur, des chiens, des vieux, des chats, des nourrissons, mais jamais de filles. Elles ne doivent pas aimer. Alors, quand je fais les comptes, je peux dire que c'est rapide : je sors de mon quartier où il n'y a pas de filles pour aller au lycée où il n'y a pas de filles, et à part l'autobus, je me demande où je pourrais en rencontrer, eh bien justement, et là on peut se demander de quoi je me plains, car l'autobus est bourré de filles. Alors qu'est-ce que j'ai à râler ? Petite précision supplémentaire : c'est les filles à Boulut, la joyeuse équipe espiègle et ricanante dont je parlais à l'instant. En général, je m'installe dans le fond en me planquant derrière le contrôleur, et vogue la galère. Si je ne les vois pas, je les entends : ça ressemble à une locomotive dans un tunnel empli de vols de mouettes.

En fait, je connais mieux les coccinelles que les femmes. Je dis les coccinelles, mais ça peut être autre chose : les chenilles, les scarabées, toutes les saloperies rampantes et cavalantes que je trouve l'été dans le jardin derrière la maison ; on peut les retourner avec des brindilles, les regarder de près, leur piquer les fesses, faire des observations, des expériences, le nombre de pattes, les mandibules, tandis que les filles : tintin... De temps en temps, une dans l'autobus, on se dit : tiens, elle a deux jambes, elle parle, elle a l'air d'avoir des trucs sur la poitrine... Au fond, ce que j'ai appris sur les femmes, je le dois à la Vénus de Milo et à Viviane Romance. Le musée et le cinéma. C'est les seuls endroits où on peut les voir de près sans trop d'habits... c'est à partir de là qu'on reconstitue l'ensemble, qu'on fait des suppositions et qu'on arrive à imaginer comment ça marche. Et puis il y a les grands dans la cour de l'école qui vous expliquent tous les mécanismes. Personnellement, ça me foutait la trouille, une machinerie invraisemblable, et moi qui devais arriver avec mon piston. Quel piston ? C'est Gouberian qui nous avait enseigné, un grand du cours moyen deuxième année, il parlait toujours de piston : « Alors, tu sors ton piston », « tu enfonces ton piston », j'avais examiné mon piston devant l'armoire à glace, ça n'avait rien d'un piston, et je me demandais bien ce que j'allais faire avec lorsque je serais devant Madame Viviane Romance. Même aujourd'hui, à dix-sept ans, quand je vois Rita Hayworth en couverture de *Cinémonde,* je me dis que j'aurais plutôt tendance à partir en courant.

Enfin, il ne faut pas en conclure que je pense beaucoup aux filles, ce n'est pas tout à fait exact : je ne pense qu'à ça, partout et tout le temps. Même le bac passe après. Pourtant, c'est quelque chose le bac, il n'y a qu'à voir la tête de mon père quand il en parle. Tout juste s'il n'ôte pas son chapeau. Ma mère s'y est mise. Elle baisse la voix pour prononcer le mot. Un chuchotement : le bac. Le juste milieu entre le Saint-Sacrement et la tarte aux blettes. La tarte aux blettes survient tous les dimanches. C'est une recette ancestrale. Ma mère vient d'une famille où l'on a toujours fait la tarte aux blettes, ça date au moins du Moyen Âge. Et tous les dimanches à partir de dix heures, elle fonce dans la cuisine, et les mains dans la pâte... On la voit plus jusqu'à midi, car comme elle aime à le répéter : « La tarte aux blettes, c'est du tintouin. » Repas à douze heures trente. On s'assoit tous les quatre puisque ma grand-mère vit avec nous, mais je ne raconte pas pourquoi, parce que ça m'écarte du sujet, j'y reviendrai peut-être. Mon père s'installe et donne le signal du départ de la plaisanterie, en tendant les narines vers la cuisine et en humant :

— Ça sent très bon. Qu'est-ce que ça peut être ? interroge-t-il, facétieux.

— En effet, qu'est-ce que cela peut bien être ? renchérit Mémé.

Lorsque j'avais trois ans, un dimanche j'ai répondu, tout finaud :

— C'est la tarte aux blettes.

La famille n'en est pas encore remise. On en rit encore dans les chaumières. Et le pli a été pris : tous les dimanches, il a fallu que je répète... Jusqu'à l'âge de dix ans, ça ne m'a pas trop pesé, on aime bien faire son intéressant quand on est môme. Maintenant, je commence à en avoir des frissons vingt-quatre heures à l'avance. Un jour, à la place, je hurlerai, mais si je ne prononce pas la phrase consacrée, j'ai l'impression qu'ils vont croire au début de la Troisième Guerre mondiale.

Un jour, un de mes copains est venu et crac, la tarte aux blettes : personne n'y échappe. Je le voyais bien, il était juste en face de moi. Il faisait semblant de tousser après chaque bouchée, il remettait tout dans sa main, et après hop ! la main à la poche. C'est sa mère qui a dû être contente quand elle a lavé le pantalon. Parce que, c'est vrai, la tarte aux blettes, il n'y a rien de pire, c'est la chose la plus filandreuse qui existe au monde, on ne peut pas imaginer. On en a un petit bout dans la bouche, deux centimètres carrés en gros, on mord et hop, trois kilomètres de fil entre les dents. On se demande d'où ça sort, une vraie prestidigitation. Comme goût, c'est entre le navet et le pourri. Ça tire plus du côté du pourri. On me dira que je ne peux pas savoir ce que c'est que le pourri car on n'en mange jamais. D'accord, mais je bouffe de la tarte aux blettes tous les dimanches, alors je sais de quoi je cause.

Pourquoi est-ce que je raconte des histoires de tarte aux blettes ? Je me demande d'où c'est venu. On revient aux filles.

Donc, j'ai pas de filles.

En soi, c'est pénible.

Surtout au cinéma quand on voit les films avec Tyrone Power, et qu'il embrasse sans arrêt des marquises, on se sent seul. Mais il y a pire.

Bien pire.

Nous formons une famille unie dont je suis évidemment le pôle d'attraction. Je représente en effet l'avenir. Un avenir en bouton si j'ose m'exprimer ainsi, et mes parents souhaitent de toutes leurs forces que je déploie avec splendeur mes ailes de géant, c'est-à-dire que je réussisse plus que brillamment — chut — au bac, que je sois un ténor des maths, de la dissert, et de toutes les matières scolaires possibles, y compris le modelage et l'éducation physique. Un génie doublé d'un athlète leur suffirait, Johnny Weissmuller et Albert Einstein, avec un côté Léonard de Vinci pour la touche artistique.

Et surtout, surtout, et c'est là que je voulais en venir, ils désireraient immensément que je sois un séducteur. Ça les travaille beaucoup. Bien sûr, ils ne vont pas jusqu'à poser des questions directes, mais j'ai droit à d'allusives allusions. Ma mère en particulier prend de plus en plus souvent un air joyeusement mutin que j'appréhende par-dessus tout. Par exemple, elle est en train de repasser et, brusquement, sa narine frémit et, par je ne sais quelle association d'idées, la voilà qui fait sa malicieuse :

— Il faudra t'acheter une autre chemise pour le dimanche ; si on veut trouver une fiancée, il ne faut pas se promener avec un col tout élimé.

Ça, ce n'est que le hors-d'œuvre, il y a pire. La vie vous apprend qu'il y a toujours pire. Ça se situe juste avant ma sortie du samedi soir. Elle m'attend dans le couloir avec Mémé. Je ne risque pas de passer en douce, il faudrait un bulldozer pour dégager le chemin.

— Et où il va comme ça ? dit Mémé.

Comme on le remarque, et bien que je me trouve à moins de trois mètres d'elle, elle ne s'adresse pas à moi, et interroge sa fille à mon sujet. En fait, je ne pense pas qu'elle m'ait adressé la parole une seule fois dans sa vie.

— Il va au cinéma, dit ma mère.

Exact. Je vais au cinéma. Je vais à l'Excelsior, comme tous les samedis soir, avec Galpion mon copain depuis la maternelle ; ça fait deux mille ans que tous les samedis soir, on va au cinéma, donc tout cela paraît bien anodin. C'est ne pas connaître ma mère.

— Enfin, c'est ce qu'on prétend, ajoute ma mère.

Elle a, en cet instant, un air dangereusement benoît.

Comment ça, ce que je prétends ! Je ne prétends rien du tout, je vais au cinéma avec Galpion, il n'y a rien de plus simple, de plus...

— Et où il va alors s'il dit qu'il va au cinéma et qu'il n'y va pas ?

Ma grand-mère a, dans ces moments-là, une ressemblance nette avec Winston Churchill : avec un cigare, ce serait frappant.

Et voilà l'air mutin. Triomphalement mutin et primesautier.

— Eh bien, je ne sais pas moi, on a peut-être une petite fiancée...

Qui ça « on » ? Pas moi, en tout cas. Entre l'une

qui ne parle de moi qu'à la troisième personne, et l'autre qui emploie des pronoms indéfinis, je ne sais plus si c'est de moi qu'il s'agit.

— Il a une petite fiancée ?

— Et pourquoi il n'en aurait pas une ? C'est de son âge... s'il n'en a pas en ce moment...

Phrase en suspension accompagnée de mimiques dubitatives signifiant que, s'il n'y a pas de fiancée à l'horizon dans les quinze prochaines secondes, c'est râpé jusqu'à la fin de mes jours, même plus la peine d'essayer, tout va par couple sauf moi, les oiseaux au printemps, les écureuils, Humphrey Bogart et Ingrid Bergman, les pingouins, les fourmis rouges, les boas constrictors, tout marche par deux, et il n'y en a qu'un qui n'est pas arrivé à se caser, qui erre solitaire et frénétique : c'est Francfort-Frites.

En fin de compte, et pour avoir la paix, j'ai fait exactement, avec un sens inouï de la catastrophe, ce qu'il ne fallait surtout pas faire : j'ai, de l'extrémité gauche de la lèvre supérieure, eu un millionième de millimètre de rictus. Personne, sur la surface du globe terrestre, n'aurait pu s'en apercevoir tant la modification était infinitésimale, mais la seule créature humaine à pouvoir détecter ce frémissement était là : Ma mère Lucienne Berthier née Flaviot a vu.

Ayant vu, elle a interprété, et son diagnostic a été aussi facile qu'immédiat : qui sourit avoue.

J'ai, dans l'épanouissement de son visage, vu naître mon destin une fois pour toutes scellé. Désormais, elle connaissait le secret : son fils bien-aimé fréquentait. Cette fiancée qu'elle désirait avec une force qui n'avait d'égale que la mienne, elle ne doutait plus à présent de son existence. Un immense soulagement la souleva littéralement du sol et, sans la moindre hésitation, elle fonça dans la brèche :

— Et comment s'appelle la demoiselle ?

Je pouvais encore reculer, faire machine arrière, protester que Galpion m'attendait, qu'on allait louper les actualités Fox Movietone, qu'il n'y avait pas plus de fiancée que de beurre en branche, mais une gigantesque fatigue m'a saisi et, comme toujours dans tous les événements parfaitement inintéressants qui forment le tissu de ma courte vie, j'ai cédé à la facilité.

— Germaine.

Pourquoi Germaine, je me le demande encore. J'aurais dit Marie de Médicis ou Greta Garbo, je n'aurais pas eu plus de succès. Ce jour était un grand jour : Germaine était née.

Je suis parti retrouver Galpion devant l'Excelsior. J'avais l'impression d'avoir avalé un kilo et demi de Tranxène. J'ai supposé que les femmes qui venaient d'accoucher devaient être un peu dans le même état que moi, ce qui était normal car nous avions un point commun : nous venions de donner la vie avec le sentiment diffus que les emmerdements qui allaient en découler ne tarderaient pas.

Cette dernière remarque est d'une authenticité criante parce que ça a commencé dès le lendemain. Le dimanche, après la tarte aux blettes.

Elle n'avait pas fini d'avaler la première bouchée que ma mère a attaqué :

— Il fait beau. Où allez-vous vous promener ?

J'ai vu le danger foncer sur moi, locomotive folle. Je me suis collé la moitié de ma part dans le gosier pour colmater la réponse. Impression de mordre dans un cordage pour grand paquebot.

— Sais pas.

— Moi, à votre place, j'irais sur la Marne, une petite promenade en barque, hein, Adrien, qu'est-ce que tu en penserais toi, d'une petite promenade en barque ?

Guillerette... plein de pinsons dans le gosier, tra la la lalère...

Adrien Berthier, mon père, employé de bureau chez Bertonin et Fils Mercerie-Passementerie en gros demi-gros, maison fondée en 1846, opine avec satisfaction ; il a tendance à être d'accord sur tout. Son expression favorite est « entièrement d'accord ».

— Entièrement d'accord.

Voilà. Qu'est-ce que je disais !

— Ça vous ferait prendre un peu l'air. Elle n'a pas peur de l'eau, Germaine ?

— Qui est Germaine ? demande Mémé.

Winston Churchill pour le physique mais pas pour la mémoire. De ce côté-là aucune ressemblance ; si elle avait été Premier ministre en 1940, elle aurait demandé qui pouvait bien bombarder Londres avec cette obstination.

— Tu sais bien... Germaine...

Sourires, clignements de paupières attendris,

sourires glissés... Je vais vomir : la tarte aux blettes plus les sous-entendus, ça ne facilite pas la digestion.

— Au fait, qu'est-ce qu'elle fait, Germaine ?

— Lycéenne.

Tac. Du tac au tac. Pas une seconde d'hésitation. Mentir est un don. Attention, ça va aller vite maintenant.

— Et comment elle s'appelle ?

— Dutilleul.

— Et ses parents ?

— Père P.T.T., mère sans emploi.

— Frères et sœurs ?

— Un petit frère, Vincent, quatre ans et demi.

— Profession future ?

— Pharmacienne.

— Sport préféré ?

— Volley-ball.

— Vous vous êtes rencontrés où ?

— Bal.

— Tu n'y vas jamais.

— Si, une fois.

— Blonde ou brune ?

— Châtain.

— Depuis combien de temps vous fréquentez-vous ?

— Six mois dix-sept jours.

— Elle est grande ?

— Un mètre soixante-huit.

Elle a cessé le feu d'un coup. Les canons n'étaient pas refroidis qu'elle a envoyé la cavalerie au triple galop.

— Tu devrais l'inviter un dimanche pour déjeuner, hein, Adrien ?

— Entièrement d'accord.

— On aimerait bien la connaître.

Et moi donc.

Le dimanche qui a suivi, j'ai eu droit à une autre vague d'assaut ; je ne compte pas les raids surgissant à l'improviste durant la semaine, à propos de tout et de rien.

— C'est une bonne élève ?

— Surtout en maths. Très forte en maths. Particulièrement l'algèbre.

— Tu crois qu'elle va être reçue à son bac ?

Etc, etc. Le résultat c'est que Germaine Dutilleul a commencé à devenir une idée fixe, de plus en plus précise, de plus en plus envahissante, le point noir étant qu'il devenait de plus en plus étonnant, de dimanche en dimanche, qu'elle ne vienne pas savourer la foutue tarte aux blettes. Elle avait failli venir quinze jours auparavant, mais la coqueluche de Vincent avait fait avorter le projet — l'enfant était fragile —, et tout était prévu pour la semaine dernière lorsque la lettre était arrivée par le courrier du samedi :

Mon cher Antoine,

Excuse-moi auprès de tes parents mais je ne pourrais être avec vous comme prévu dimanche pour manger car je dois aller au mariage d'une cousine qui habite dans le Maine-et-Loire, à trois cents kilomètres, et ça fait dix heures au moins de train aller et retour, je le regrette mais... etc, etc.

Signé : Germaine.

J'avais sué sang et eau pour contrefaire mon écriture et ça a fait encore un dimanche de gagné.

Et puis l'insupportable, le pire, j'ai déjà dit qu'il arrivait toujours, est survenu mardi dernier.

J'étais dans les waters.

Les waters donnent sur le couloir, ce qui en soi n'est pas une conception architecturale d'un immense intérêt, et cette situation n'aurait pas été particulièrement digne d'être mentionnée si, ce jour-là, ma mère sortant de la cuisine n'avait pas croisé mon père quittant la chambre à coucher. Ils s'immobilisèrent l'un et l'autre en face de la porte derrière laquelle je méditais. Je reproduis ici la partie essentielle de leur conversation.

MÈRE *(suspicieuse) :* Je commence à me demander si elle ne le fait pas exprès.

PÈRE *(endormi) :* Si elle ne fait pas exprès quoi ?

MÈRE : C'est quand même bizarre qu'elle trouve une excuse tous les dimanches pour ne pas venir.

PÈRE : Qui trouve une excuse ?

MÈRE *(soupçon d'irritation) :* Germaine.

PÈRE : Ah.

MÈRE : Tu ne trouves pas ça bizarre ?

PÈRE : Entièrement d'accord.

MÈRE *(ton légèrement douloureux) :* J'ai peur qu'elle ne le fasse souffrir.

PÈRE : Qui ?

MÈRE : Antoine.

Silence. Germaine, me faire souffrir ? C'était mal la connaître. Il me semblait les voir. J'ai dû résister à la tentation de me reculotter de façon à subir le choc autrement qu'assis, le pantalon sur les genoux, il ne fallait surtout pas trahir ma présence. C'est elle qui a repris :

MÈRE : Ou alors il y a une autre explication.

PÈRE : Laquelle ?

J'ai senti mes cheveux décoller doucement de mon crâne et s'ériger perpendiculaires à la peau. Ce qui allait suivre allait être abominable.

Ce le fut.

MÈRE : C'est une idée qui m'est venue. Tu trouves pas bizarre qu'il n'ait pas de photo d'elle ?

PÈRE : Il en a peut-être.

MÈRE : Non, je lui ai posé la question.

PÈRE : Elle n'aime peut-être pas se faire photographier.

MÈRE : A cet âge, on aime ça. Tous les garçons qui ont une petite amie ont une photo d'elle dans leur portefeuille.

PÈRE : Ah.

Resilence... Je retiens ma respiration. J'ai pensé trouver la parade en découpant une tête de starlette dans *Cinémonde*, mais ça aurait fait douteux. C'est à ce moment-là que le couperet est tombé.

MÈRE : Je me demande s'il n'a pas tout inventé.

Je me suis cramponné à la chasse d'eau : le pire venait d'arriver.

PÈRE : Inventé quoi ?

Ce type est lent. Il a beau être mon père, il faut bien l'avouer, il est très lent. Je ne sais pas s'il est lent pour tout, mais pour comprendre, aucun doute à avoir : il est lent.

MÈRE : Germaine.

Au-delà du supportable. Elle me soupçonne d'avoir fait ce que j'ai réellement fait. Je ne connais rien de plus monstrueux.

Douleur fulgurante. Poignardé en plein amour-propre, matraqué dans la dignité. Et en plus, c'est elle qui m'a forcé à mentir, avec les reproches contenus en filigrane dans ses fines plaisanteries, ses anodines demandes, ses questions qui n'en étaient pas... Et j'ai fait ça pour elle, en plus ! Pour lui faire plaisir ! Pour qu'elle me foute la paix aussi, bien sûr, pour avoir l'air normal, mais elle en avait tellement envie, de cette fiancée, et voilà qu'elle me suspecte... Dans sa conscience, je suis déjà ce petit bonhomme sans fiancée, timide, acnéique, bigleux, solitaire, malheureux et effroyablement menteur, car j'ai travaillé le portrait ; bien obligé, j'ai précisé le trait, rajoutant un détail par-ci par-là. Elle habite le XIe, station Boulets-Montreuil, elle a un chat en plus d'un frère. Elle adore les bêtes, un angora gris qui s'appelle Gustave. Pourquoi ? Elle adore Flaubert, *Madame Bovary* surtout. Flaubert et Baudelaire, elle connaît ses poésies par cœur : « Lorsque le pélican, lassé d'un long voyage... » Ah oui, non, c'est vrai, c'est Vigny ça, eh bien, justement, elle aime Vigny aussi et Musset également, et les autres, Heredia, toute l'équipe... Et tout ça s'effondre, d'un coup. Ce n'est pas possible, il faut que je fasse quelque chose.

PÈRE : Tu crois qu'il aurait imaginé tout ça ?

MÈRE : Je suis en train de me le demander.

Ils se sont éloignés. Je suis resté longtemps,

effondré sur le siège. Ce siècle était sans pitié... J'ai senti brutalement le poids de toutes les civilisations qui, depuis la préhistoire, s'étaient succédé pour arriver à ce pitoyable résultat : moi.

Un être jeune encore qui ne répondait pas totalement aux lois de la Cité, un humain qui, par son individualisme forcené, contrevenait aux lois familiales de la société de son temps, une victime obligée de suppléer, par son talent inventif à une carence jugée comme une tare : une femme ne l'avait pas encore remarqué. Là, coincé dans ces cagoinces banlieusardes, les coudes sur mes genoux dénudés, je les ai vus défiler : les premières hordes cherchant le feu dans les savanes originelles, les cavaleries d'Attila, les Grecs et Pythagore inventant théorème et Parthénon, les légions de César, Montesquieu et *L'Esprit des lois,* la Grande Armée montant vers Austerlitz, Victor Hugo, Jules Ferry, Jean-Jacques Rousseau et Bibi Fricotin, Jeanne d'Arc et Michel-Ange, tous apportant leur pierre à l'édifice, luttant, travaillant, créant pour arriver enfin au terme ultime et pitoyable : Antoine Berthier, le produit nauséabond de l'Histoire de l'humanité. J'étais à moi seul l'échec absolu de la longue chaîne née un jour dans le jardin d'Éden : j'étais l'échec de Dieu.

Le débat fut bref. Avant que je n'ouvre la porte pour regagner le monde des hommes et replonger dans leurs turpitudes, j'avais décidé de frapper un grand coup. Un très grand coup. Le plan envisagé était d'une effrayante limpidité. En quelques secondes, j'en avais dessiné tous les détails, ils s'assemblaient avec facilité, comme un puzzle, les pièces s'emboîtaient en un ajustage d'une implacable précision. Oui, c'était la solution. Il me fallait restaurer mon image endommagée dans l'esprit maternel, je chasserais de son âme le doute perfide qui me ternissait, je redeviendrais à ses yeux ce que je voulais être, celui que je n'étais pas : l'amoureux, peut-être même l'amant, de Germaine Dutilleul.

Dimanche 6 avril 1947.

Une crampe dans les nuages comme une sciatique de printemps. Par la fenêtre de la salle de bains, le ciel se dandine guilleret, à l'horizon de Saint-Mandé, et le jardin ressemble à une chanson de Charles Trenet. Je suis calme. Je me sens redoutablement calme. Je peux présager de cette sérénité intérieure que je suis fait pour l'action, voire pour l'aventure.

Je passe ma jeunesse à naviguer entre lycée parisien et maison banlieusarde, j'étudie Descartes, la Troisième Coalition, le plissement hercynien, $SO_4H_2 + NACL$ et lady Macbeth, je vais chez l'épicier, à la boulangerie, une fois par mois chez M. Bonasso le coiffeur, j'en ressors la nuque blanche, les tempes dégagées, répandant autour de moi une senteur de muguet, et tout le monde trouve ça normal.

Il n'en est rien puisque ma nature authentique consiste à côtoyer le danger, à plonger dedans, à m'y vautrer.

Ce jour est le jour de toutes les audaces et de tous les rachats. Une créature nouvelle va naître, elle a nom Antoine Berthier. J'ai failli hier soir dévoiler mon plan à Galpion, j'ai eu cette faiblesse : la tentation du partage. Je me suis repris. Il faut dire que la situation était propice aux confidences : on était au Balto, le bar-tabac devant l'Excelsior, et on venait de voir *Duel au soleil.* Je venais de m'apercevoir que Germaine Dutilleul était le portrait craché de Jennifer Jones, et moi, de nuit, dans les glaces, suivant l'angle et l'éclairage, en faisant abstraction de mes imperfections cutanées, en enlevant mes lunettes, avec les épaules un peu plus larges, un imperméable à col relevé et un sombrero, je pouvais, en profil perdu, rappeler Gregory Peck en petit. C'est dire si le moral était bon.

Et puis Galpion est un copain. C'est le seul que j'ai, on se connaît depuis au-delà du préparatoire. C'est le seul type avec qui je parle de filles. Pour lui non plus, c'est pas une réussite de ce côté-là. On est allés au bal ensemble une fois sur les bords de la Marne... on est restés assis tout le temps. Je m'ennuyais tellement que j'ai dû boire trois litres de limonade. Résultat : colique... Toutes les filles étaient prises. Je me suis demandé s'il en resterait un jour une pour moi, la dernière, encore inoccupée. Peut-être qu'elles sont moins nombreuses que les garçons, alors forcément, quand on arrive en retard, c'est râpé. Surtout qu'il doit exister des petits malins qui en ont plusieurs, deux, trois ou quatre, des types comme Gregory Peck, ça fait encore moins pour les autres...

On est partis se balader le long des berges. C'est joli par là. C'est gai, il y a des barques, des îles pleines d'herbe. Avec Galpion on a parlé de l'amour et on était bien d'accord sur un point : les filles, il y en avait deux catégories, bien nettes, bien tranchées, définitives : d'un côté il y avait celles pour baiser, les épaisses, les vulgaires, des bêtes à plaisir pleines de chair, et de l'autre il y avait celles dont nous serions amoureux un jour, fines, déliées, sentant l'eau de Cologne et le shampooing à la pomme ; elles couraient en jupe vichy et sandalettes dans de très beaux parcs d'été, elles jouaient du piano, aimaient Gérard Philipe, et leurs yeux clairs et rieurs reflétaient les soleils de belles jeunesses. Dans leurs sacs de lycéenne, on trouvait le dernier Camus et Prévert en livre de poche.

La vie était donc simple, s'équilibrant entre bestialité et souriante évanescence. Quand je suis lancé sur ce sujet avec Galpion, on ne m'arrête plus. Il faut dire qu'il écoute bien, il est épatant pour ça. J'ai oublié de dire qu'il a arrêté les études, il travaille au garage de la rue Gambetta comme apprenti. On s'était allongés dans l'herbe et je causais, je causais, je causais, développant la théorie.

Tout à coup, il m'a interrompu.

— On est d'accord. Il y a les putes et les pas putes. C'est ça ?

Il est excessif. C'est vrai qu'il pige l'essentiel mais il est excessif dans ses résumés, on ne peut pas dire qu'il travaille dans les subtilités nuancées.

— En gros, c'est ça.

Il est marrant quand il réfléchit, il a les deux sourcils qui se rejoignent.

— Bon, dit-il, on baise les putes, mais avec les autres, qu'est-ce qu'on fait ?

Fait chier, Galpion.

Comme si je le savais, moi.

On fait des sourires, on s'effleure les doigts, on récite des poésies, on joue à cache-cache, on court dans le vent... c'est quand même pas les occupations qui manquent. On parle, on va au cinéma, on se prend par la taille, on se fait des bises sans la langue... Et puis on s'écrit, cette bonne blague, on s'écrit énormément, on se coupe des mèches, on rêvasse, on visite le Louvre, et puis merde, il n'a qu'à trouver, lui. Quand j'étais amoureux de Mlle Fortunati, je ne me posais pas la question : je pensais à elle, tout le temps, et ça suffisait à m'occuper. J'y ai pensé pendant trois mois, tout un trimestre. Après elle est partie pour les vacances de Pâques, et c'est l'autre conne de mère Prouteau qui est revenue. Avec un lardon en plus. Tous les ans un lardon, la mère Prouteau. On peut dire que celle-là, elle a coûté cher à l'Éducation nationale. Elle se débrouillait toujours pour pondre entre Noël et le mois de mars, comme ça qui est-ce qui se payait un petit trimestre sympa à tricoter la layette ? Elle avait dû calculer avec son mari, la mère Prouteau : pour accoucher autour de mardi gras, fallait qu'ils se carambolent dans les alentours de l'Ascension l'année d'avant. Il était instit aussi, le père Prouteau, un raplot à moustache avec une blouse raide comme un scaphandre et des pinces à vélo. J'arrivais pas à comprendre comment ces deux-là pouvaient se monter dessus sans vomir.

Enfin, le résultat des courses, c'est que, pendant un trimestre, on avait une remplaçante, et que, cette année-là, c'était Mlle Fortunati. Je me demande aujourd'hui si elle n'avait pas quelque chose de Jennifer Jones. Le plus triste de tout, c'est que je n'ai jamais su son prénom. Les enseignants, on ne sait jamais leurs prénoms. Peut-être qu'ils n'en ont pas. Prouteau par exemple, je ne l'ai jamais su non plus. Seulement pour Prouteau, je m'en foutais, mais pourquoi je raconte tout ça, c'est vieux comme le monde, ce sont des histoires de mômes d'avant le lycée, donc hier soir j'ai failli dévoiler mon plan à Galpion, mais je me suis repris.

Dimanche matin, salle de bains.

Je me regarde. Il faudrait que je m'épile. Des poils follets un peu partout, et la moustache aux commissures. Ça me donne un air mongol. Phoque aussi, mais surtout mongol. Gengis Khan. L'otarie de Gengis Khan. Pas question de me raser *because* les boutons, j'ai essayé une fois ; c'est Pompéi et le passage de la mer Rouge. Il a presque fallu opérer une transfusion sanguine.

Un petit coup de brillantine pour aplatir l'épi, et voilà le travail. Toujours calme, Berthier, impassible. Une démarche à la Henry Fonda. Lente et assurée. Chaque pas pèse son poids d'expérience et de certitude. Mon père et Mémé sont assis, maman est à la cuisine. Je m'installe, les broderies de la nappe dominicale me sautent aux yeux. Comme au cinéma. Un détail insignifiant en gros plan juste avant le déchaînement des folles tempêtes.

C'est *La Chevauchée fantastique*, mais sans

Indiens et sans diligence. La tarte ne va pas tarder à apparaître. Je la sens approcher. Normalement Germaine devrait être là, mais son grand-père vient d'avoir une attaque de paraphlébite à la jambe gauche, et elle est obligée de s'occuper de lui, car le médecin lui a interdit de se lever.

C'est maintenant.

Je sens mes aptitudes intellectuelles dans un état de tension absolue. Clarté aveuglante de l'avenir... capacités de prévision tendues à un point tel que je peux discerner le futur avec une violence d'extralucide.

Apparition de Lucienne Berthier précédée de la fumante tarte.

Dilatation hebdomadaire des narines paternelles.

— Oh, mais ça sent bon, qu'est-ce que ça peut bien être ?

Winston Churchill me fixe comme à Yalta.

— De la tarte aux blettes, dis-je.

Maman la dépose au centre de la table avec un soupir.

— J'espère qu'un jour Mlle Germaine pourra y goûter.

C'est maintenant. Maintenant ou jamais. Contre-attaque instantanée. Contre-torpilleur en vue. Feu. Coulé. Broyer d'un coup doutes et suspicions. Ah, vous m'avez cru capable d'inventer une pareille histoire, eh bien vous allez voir...

— Ce ne sera pas dimanche prochain, en tout cas.

Échange de regards parentaux et sous-entendus. Je lis en eux comme dans un livre.

— Ah, dit ma mère, parce que cette demoiselle sera encore occupée ? Décidément...

Un wagon d'insinuations perfides dans les quatre dernières syllabes, des tomberaux de sarcastiques pensées.

— Décidément, reprend-elle, ce n'est pas de chance.

La musique qui accompagne le refrain est nette : je sais tout, ne me prends pas pour une imbécile complète.

C'est à moi. Calme. Implacable. Inexorable.

— Moi non plus je ne serai pas là.

Suspension des respirations. La fourchette de mon père accroche le soleil.

— Et où est-ce qu'il sera ?

Je souris à Mémé. Un sourire en coin, à la James Cagney.

— En camping, dis-je, trois ou quatre jours, on part avec les vélos.

Ma mère mâche à vide une bouffée d'air.

— Avec la demoiselle ?

— Oui, on a pensé que ça nous ferait du bien, un peu d'oxygène avant les examens.

Regard du mari vers son épouse. Victoire. Tout a basculé d'un coup, l'expression est claire, le message lisible : tu vois ton erreur, toujours avec tes doutes, ton mauvais esprit... Je savais bien qu'il ne pouvait pas mentir.

— Et vous iriez où ?

— A Ris-Orangis. On n'est pas loin de Fontainebleau, on fera des balades en forêt.

Là, je les tiens. Antoine Berthier, dit l'Impitoyable.

— Et... M. et Mme Dutilleul sont d'accord ?

— Oui, ils pensent que c'est une bonne idée, que ça va nous redonner un coup de fouet pour la dernière ligne droite.

Maman hoche la tête.

— Et toi, tu crois que pour ton bac...

— Au contraire, et puis, je réviserai avec Germaine.

Dans la semaine qui suivit, une certaine agitation régna dans la maison. Je ressortis mon vélo Lapébie, le regonflai et mon père m'aida à régler les freins : je ne m'en étais pas servi depuis un an. Je fis plusieurs quincailleries pour trouver des plaquettes d'alcool pour le réchaud. Mémé fit un point au double toit de la tente qui avait encore un accroc. Je vérifiai les piquets, les cordes, les tendeurs, tout allait bien.

De temps en temps, ma mère apparaissait dans l'embrasure de la porte de ma chambre.

— Tu prendras ton pull-over gris ou le vert ?

— Le gris.

— J'ai envie de te mettre le vert quand même, parce que tu risques de ne pas avoir chaud en bicyclette.

Le mercredi, elle tint à fourrer dans une de mes sacoches trois paquets de coquillettes et des maquereaux au vin blanc. Avec les trois boîtes de corned-beef prévues, on pourrait tenir en cas de coup dur.

Je me suis demandé ce qu'elle entendait par là. Quel genre de coup dur pouvait-il arriver entre Saint-Mandé et Ris-Orangis ? C'est le vendredi que papa a fait donner l'artillerie lourde. Il venait de finir de fixer les cale-pieds aux pédales et il s'est installé à côté de moi. J'achevais un devoir de philo : « Le concept de notion. » L'année d'avant, le prof avait donné comme sujet : « La notion de concept. » C'était pour qu'on ne copie pas d'une année sur l'autre.

Donc il toussote, et je l'entends souffler ; il me paraît un peu rouge et suant, je vais lui demander si quelque chose ne va pas lorsqu'il attaque :

— Antoine, je ne voudrais pas me mêler de ce qui ne me regarde pas, mais je pense qu'il est de mon ressort, même de mon devoir, de te prévenir, enfin de te signaler, bref, de t'avertir d'un danger.

J'ai tout de suite compris qu'il avait écrit son texte, qu'il l'avait appris et qu'il avait du mal à se le rappeler.

— Je ne doute pas de ta sagesse, de ton sang-froid, ni de celui de ta jeune camarade qui, bien que nous ne la connaissions pas, nous paraît parfaite sous tous rapports, et loin de moi et de ta mère de suspecter si peu que ce soit et vos intentions et vos... enfin il est bon de vous mettre en garde.

Là, il a commencé nettement à souffrir. Jusqu'à présent, les informations qu'il m'avait fournies sur la vie sexuelle avaient été assez limitées, elles se réduisaient en fait à une remarque qui lui avait échappé lorsque j'avais six ans. Nous étions sur la plage de Concarneau à marée basse. Avec ma pelle, j'avais retourné une étoile de mer.

— C'est une dame ou un monsieur ? ai-je demandé.

— Un monsieur, a-t-il répondu.

— Ça se voit à quoi ?

— Elle a les yeux bleus.

A partir de cet instant, il ne me donna jamais plus la moindre indication sur cette part non négligeable de la réalité biologique.

Et voilà que, subitement, il se lançait dans les méandres de la vie amoureuse avec un louable acharnement.

— ... et quelquefois, malgré les promesses raisonnables que l'on se fait, il arrive que la situation, l'occasion fassent naître en nous des... désirs, des pulsions, auxquels il est difficile, presque impossible parfois de résister et, dans ces cas-là, il advient que la nature soit plus forte qu'on ne le croit et...

Il avait atteint les limites de l'infarctus. Les yeux commençaient à lui sortir de la tête. Il a happé une bouffée d'air et s'est lancé :

— Cela n'a pas d'importance lorsque l'on est marié, mais ce n'est pas votre cas, et vous êtes bien jeunes l'un et l'autre pour y penser déjà, d'autant plus que vous avez vos examens à passer, et que parfois on paie une seconde de plaisir d'une vie entière de défaites et de vicissitudes...

Il avait dû en écrire trois pages, et il arrivait à la fin avec un évident soulagement.

— Ta mère et moi avons une totale confiance en toi, mais il aurait été criminel de ne pas attirer ton attention sur...

J'ai étendu la main d'un geste pacificateur, et j'ai dit :

— O.K., Dad.

J'avais vu faire ça par Spencer Tracy à l'Excelsior : tous les problèmes avaient paru réglés d'un coup. En tout cas, je pouvais être satisfait, ce discours trahissait une inquiétude qui était la preuve véritable que l'on me prenait au sérieux. Je dus lutter pied à pied durant la journée du samedi pour empêcher maman de faire une tarte aux blettes que nous aurions le lendemain mangée sous la tente, mais à part cela, il n'y eut pas d'autres alertes.

Je me couchais le samedi soir, bagages faits, et je mis le réveil à cinq heures ; il fallait en effet que je sois chez Germaine vers six heures pour voir le soleil se lever : c'était un souhait, combien romantique, de ma jeune fiancée. Nous quitterions Paris par la place de la Nation, déserte à cette heure, et après la traversée du bois de Vincennes, nous rejoindrions les quais de Seine où, après Charenton et Alfortville, nous verrions disparaître les grises banlieues et s'ouvrir le vert théâtre des campagnes et des forêts cernant la capitale. Le chemin à suivre était souligné à l'encre rouge sur ma carte routière. Paré pour le départ. Je dors mal. Nuit d'attente entrecoupée de sommeils éclairs et sporadiques ; je sombre dans des spirales intempestives dont je jaillis, propulsé par des ressorts.

Quelle aventure !

Partir avec le produit de son imagination.

Rien n'est plus compliqué.

Comme toujours dans ces cas-là — ça m'a fait le

même coup pour le certificat d'études, le brevet et autres circonstances taraudantes — la sonnerie du réveil m'arrache des draps comme une main de géant, je pédale dans le vide, le cœur à cent trente et l'agonie aux tempes. Dans la pointe grise du jour, les aiguilles phosphorescentes marquent l'heure du rendez-vous d'Antoine Berthier avec son destin.

Habillage rapide mais précis. Bouclage des ultimes courroies, laçage de mes baskets montantes, chaussures sportives récemment débarquées des États-Unis d'Amérique. Dernier coup d'œil dans ma chambre que l'ombre effleure, adieu lieux aimés où se déroula mon enfance, je pars reconquérir ma fierté perdue.

Je sors. Imperceptible craquement des escaliers sous mes caoutchouteuses semelles. Tout dort.

Lueur pâlichonne d'un jour paresseux sur la porte du Frigidaire. J'ai prévenu que je déjeunerais chez Germaine, mais si je trouvais...

— Je t'ai préparé tes tartines.

Mes pieds reprennent contact avec le sol, et mon estomac revient à son point de départ après avoir tenté de me sortir du corps.

Lucienne Berthier en robe de chambre molletonnée cyclamen et bigoudis ferraillants s'affaire déjà pour me préparer mon café au lait.

Il est vrai qu'il existe une règle sainte : quelle que soit l'heure, quelle que soit la raison, bombardement, éruption nucléaire, inondation par raz de marée, tremblement de terre, examen, attaque militaire, irruption de fourmis géantes, etc., etc., on ne quitte pas la maison sans quelque chose dans le ventre. Même pas la peine de demander pourquoi, c'est comme ça, il y a des choses sur lesquelles on ne discute pas.

— N'avale pas si vite, tu as tout ton temps.

J'ai toujours tout mon temps avec elle. La maison s'effondrerait qu'elle me dirait de boire plus doucement.

— Tu n'as rien oublié ?

— Non.

— Tes chaussettes ?

— Je les ai.

Elle a peur que j'oublie d'en changer tous les jours et que le soir, dans la tente, ce soit l'infection. Germaine fuit, asphyxiée, amour brisé, liens rompus, drame de la passion... je la poursuis dans les fourrés, la poignarde avec un piquet de tente et elle, la mère, arrive à la barre avec son bol et ses tartines : « Je vous assure, monsieur le Juge, c'était un garçon si gentil, si calme, si attentionné... »

— Faut que je file, m'man, monte vite te recoucher.

— Sois bien prudent sur la route, avec toutes ces voitures.

Elle resserre mon cache-col. En plein équateur, elle me resserrerait le cache-col. Je l'embrasse.

A tous les coups, elle va me suivre des yeux jusqu'au coin de l'avenue des Tilleuls.

Mes semelles caoutchoutées chuintent sur le gravier de l'allée. Je serre les courroies de mon sac sur le porte-bagages, franchis la grille et hop... déploiement des horizons.

Un petit vent asticotant, départ en danseuse, que

dis-je, en ballerine, quelque chose de Robic dans le Tourmalet, de Vieto dans l'Iseran. Pas un chat dans les banlieues.

Fin de l'avenue des Tilleuls. Maman ne peut plus me voir.

Freinage léger de la roue arrière et virage à angle droit par la rue Jules-Ferry. Attention aux rails du tramway. Que de la meulière par ici. Meulière et volets clos. Un peu moins de cent mètres et revirage à nouveau sur la droite.

Je suis allée des Acacias. L'allée des Acacias est ainsi nommée parce qu'elle est bordée d'acacias.

Une bonne chose à savoir.

J'y ai, il y a peu d'années encore, passé des jeudis après-midi enfiévrés à jouer successivement, et dans l'ordre des saisons, aux billes, aux osselets, au yoyo. Il serait intéressant d'ailleurs de savoir pourquoi les billes sont printanières et les osselets quasiment hivernaux, et cela depuis la nuit des temps scolaires. On ne peut pas dire que pratiquer les osselets réchauffe plus que de manier les billes et pourtant... Attention, je tourne.

Tournant à droite, je suis dans le passage des Moulins. Comme je l'expliquais il y a quelques secondes, l'allée des Acacias est bordée d'acacias, ce qui explique son nom ; on pourrait donc en déduire que le passage des Moulins doit cette appellation à la présence ancienne ou récente de moulins. Pas du tout. Il n'y a jamais eu un seul moulin à cent kilomètres à la ronde. Cet exemple seul suffit à ruiner l'idée de toute généralisation. Comment prétendre par exemple que l'impasse

Félix-Gaudimart, explorateur du haut Congo, né en 1837 à Saint-Martin-du-Canigou, Pyrénées-Orientales, mort à N'Ghabe, frontière du haut Niger, a quelque chose à voir avec Saint-Mandé dont il ignorait même l'existence ? Il y a donc dans l'attribution des noms de rues une part quasi surréaliste d'irrationnel qui frôle parfois le saugrenu et… Attention, m'y voici.

Voilà le mur. Il s'agit d'y aller sur la pointe des pieds.

Je ne peux pas échouer, c'est impossible.

La petite porte de derrière, ouverte hier soir par mes soins.

Je descends de vélo et entre.

Me revoilà chez moi. Coucou. Vous ne vous attendiez pas à celle-là, hein ?

Les choux du potager sentent le chou. On peut le regretter mais c'est ainsi. L'aube semble exaspérer le parfum. Une véritable fureur. Impression de marcher au fond d'une marmite de potée lorraine.

J'avance. Devant moi, l'arrière de la maison. On ne peut pas me voir : il n'y a pas de fenêtres, à part celle de l'escalier. Ma mère a dû se rendormir.

Les pneus écrasent l'herbe : silence absolu d'une aurore ferrugineuse.

M'y voici.

Porte de la cave également laissée entrebâillée avant de me coucher.

Le plus difficile est de descendre les marches dans le noir avec le vélo.

Il faut que je m'habitue à la demi-obscurité tombant des soupiraux.

Et voilà.

Tout prévu, tout réglé, tout organisé.

Derrière la chaudière, dans le renfoncement près de l'ancien Frigidaire, l'ancien lit de la chambre du haut. Sur le sommier — on ne jette jamais rien — plus qu'à gonfler le matelas pneumatique : j'y dormirai. A côté, la place de mon vélo. J'installe le réchaud à alcool et les provisions apportées par petites doses pendant la semaine, subrepticement dérobées dans le placard des réserves, car une Troisième Guerre mondiale est toujours possible. En plus des coquillettes et du corned-beef, deux boîtes de tripes à la mode de Caen, biscuits de soldat, sardines à l'huile : quatre boîtes, cinq cents grammes de bananes déshydratées, trois plaques de chocolat, un pot de miel et deux de confiture d'abricots datant d'avant-guerre. J'ai l'impression d'avoir un peu forcé sur le sucré ; heureusement, il y a le morceau de choc : le baril de choucroute. Ça, c'est le cadeau d'adieu de Bigouzard copain à papa, ancien cuisinier des établissements Bertonin, gros et demi-gros, parti à la retraite. Cinq kilos. Là, j'ai peut-être vu un peu large mais vaut mieux prévoir trop que pas assez, encore un principe à suivre. Et maintenant, les nourritures spirituelles. Deux Peter Cheyney pour la rigolade. *L'Éthique* de ce brave Spinoza parce qu'il ne faut quand même pas déconner avec ce bon vieux bac, et *Autant en emporte le vent* que maman a lu quatre fois. Si on ajoute à ça trois paquets d'High-Life et deux boîtes d'allumettes, je pose la question : quelqu'un peut-il au monde être plus heureux que moi ?

Est-ce que ce ne sont pas là des vacances de rêve ? Est-ce qu'on peut espérer mieux ? Dehors, ce sont les vacarmes, les passions, les cris, la grande mêlée humaine, planète des hommes, vieux ring usé où s'entrechoquent les haines, les rivalités. Meurtres et carnages, et moi, sur ma couche, adossé à mon sac à dos dans la pénombre douce d'une cave amicale, je repose... La fumée de ma cigarette monte doucement, les rayons immobiles de ma bicyclette luisent d'un amical reflet, près de mon coude droit une casserole de tripes mijote tendrement, la flamme bleue danse, aérienne, et Scarlett O'Hara sautille dans de grandes maisons à colonnades en buvant du thé glacé... crinolines et entrechats, le ciel est bleu au-dessus des champs de coton et des esclaves aux voix profondes chantent la nuit sous les étoiles du Sud éternel.

Bonheur et paix.

Personne ne viendra : personne ne vient jamais en ces lieux souterrains. Maman parce qu'elle a peur, papa parce qu'après avoir installé un établi, il s'est aperçu qu'il avait horreur du bricolage ; quant à Winston Churchill, elle a la hantise de la fracture du col du fémur, il faut dire que les escaliers sont raides.

Et puis, y venir pour y faire quoi ? Pour vérifier si le fauteuil défoncé et mon ancien lit d'enfant ont changé de place ? Si le piano de la tante Amélie a retrouvé ses cordes ? Non, aucune crainte à avoir : personne ne viendra troubler ma quiétude.

Je n'ai jamais été si heureux de ma vie.

Un pacha. Un prince. Un sultan.

Je ne suis pas mieux qu'à faire le con avec une gonzesse ? Je serais en train de faire quoi en ce moment ? Pédaler comme une andouille dans les sous-bois, dans le jeu des branches, du soleil et des bruyères ? Écouter les éclats de rire cristallins d'une fille aux mollets ronds et aux dents nacrées qui me ferait tourner en bourrique ?

Pas de ça, Lisette.

Peinard, en sous-sol : cigarettes, bouquins et tripes à la mode de Caen. Pour dessert, j'hésite entre confiture et chocolat. Peut-être les deux. Peut-être irai-je jusqu'à tremper l'un dans l'autre. Y a pas de raison, j'ai bien droit à des douceurs.

Quatre jours devant moi. Quatre fois vingt-quatre heures d'absolue plénitude. J'aurais dû prendre la semaine.

J'en jubile, je me félicite, pour un peu je m'embrasserais. Au bout de quatre jours, je ressors, par le même chemin : impasse Gaudimart, passage des Moulins, allée des Acacias, avenue des Tilleuls. Je suis accueilli en héros, Savorgnan de Brazza débarquant au Congo, et après quelques remarques anodines sur le bon déroulement du voyage, maman ne manquera pas de poser la très inévitable question :

— Et Germaine ?

Et là, avec le sang-froid exceptionnel qui révèle les âmes trempées, je laisserai tomber presque négligemment :

— Nous avons rompu.

Je vois déjà leurs vieux genoux plier sous le

choc, mais je réconforterai en quelques phrases martelées leurs âmes étonnées :

— D'un commun accord. Nous avons découvert, au cours de ce voyage, que nous n'étions pas faits l'un pour l'autre, que nos goûts étaient différents, de même que nos aspirations... et puis l'approche des examens ne nous laissait pas de place pour une vie sentimentale trop excessive. Peut-être nous retrouverons-nous plus tard.

Etc., etc.

Coup de maître, et d'une pierre deux coups : grâce à cette pseudo-escapade, je persuade mes géniteurs de l'authenticité de la Dutilleul, me reconstituant par là même doublement, à la fois comme séducteur et comme homme de vérité ; j'apparais enfin en humain raisonnable et volontaire, sachant sacrifier la part affective, donc faible, de lui-même au profit d'idéaux aussi élevés que nécessaires. Telles les jeunes filles granitiques des statues de square, Germaine gît, délaissée sur les marches de l'autel du dieu Baccalauréat. Quant à moi, les yeux modestement baissés, mon front pur caressé par le halo de la lampe éclairant livres et cahiers, je peux désormais poser pour une peinture allégorique intitulée : « Un bon fils. »

Il fait bon.

La cave comme substitut du ventre maternel. Retour au fœtus. Youpi ! Une légère fumée monte de la casserole. Doux glouglous. Je touille tendrement. J'ai toujours aimé les tripes à la mode de Caen, et je me suis demandé longtemps pourquoi ; en fait, je crois avoir trouvé : lorsqu'on les fait cuire, on peut sans risque d'erreur affirmer que la tripe sent le caca. C'est parfois assez net. Le consommateur non averti hume, se rétracte et s'attend inévitablement à que ce qui sent le caca ait le goût de caca. Or, pas du tout. Divine surprise. La fragrance qui monte de l'assiette introduit sur une fausse piste : la tripe qui participe au monde du caca, qui touche au caca (on peut quand même se l'avouer) n'a rien à voir avec le caca. On me dira que personne ne sait exactement quel goût a le caca, peu ayant tenté l'expérience. Certes. On peut même aller jusqu'à émettre l'hypothèse que le caca n'a pas lui-même le goût de caca, car si on raisonne par l'inverse, on peut affirmer que la rose qui sent si bon n'a strictement aucun goût, et surtout pas celui de rose.

Mmmm...

L'un des meilleurs repas de ma vie.

D'abord, je ne me suis pas fait rabrouer pour l'excessive vitesse de ma déglutition, et ensuite, ayant torché l'assiette de tripes, je me suis payé le dessert du seigneur : chocolat et bananes déshydratées enduites de confiture d'abricots. Un nabab.

Et maintenant, qui c'est qui va se payer une petite cigarette après une petite siestoune ? Après la siestoune, une plongée dans les jupons empesés de Scarlett O'Hara, un pipi dans le récipient *ad hoc* que j'irai vider, nuit venue, dans les W.-C. désaffectés du fond du jardin. Souper fin, relecture et redodo.

Douce somnolence. La lumière ténue est filtrée par les herbes naissantes qui bordent les demi-lunes des ouvertures. Une lueur d'aquarium se répand jusque sur ma couche. Je gis, poisson repu, au fond de la grotte, vieux mérou languissant, jouissant d'une paix sous-marine. Je me sens mourir lentement à moi-même, repos, sommeil, mon beau sommeil, dormir peut-être rêver, ah, voilà l'obstacle... *Hamlet,* acte II scène, j'ai oublié le numéro... Allons, belle Germaine, n'envahis pas en cet instant mon âme trop quiète. Je t'ai conféré la vie, je te la reprends. Je pourrais, abusant de mes droits de créateur, couvrir tes lèvres de baisers et, forçant tes résistances, bousculer les pudeurs infinies dont je t'ai révêtue... J'aurais pu t'inventer dévergondée, luxurieuse, lubrique... Pas du tout, Germaine Dutilleul s'éloigne dans les allées du songe en jupe plissée et sandales à talons plats, sa queue-de-cheval oscille sur son cou gracile. Jamais nous n'aurons partagé la moindre étreinte, ne m'en veux pas de t'avoir créée si convenable, je ne suis qu'un garçon de l'après-guerre, un enfant de l'an 47, et d'autres temps viendront peut-être où l'on te jugera démesurément sage ; nous formerons un couple parfaitement ridicule ou délicieusement timoré, produit d'une époque lointaine. Tout se déforme autour de moi... Ondulation des murs et du vieux piano, le réfrigérateur se transforme, molle et translucide bulle de blanc chewing-gum... je sombre.

Merde et remerde.

La soif. La soif saharienne, celle des midis incendiés en plein cœur du Tanezrouft. Le Kalahari dans les amygdales. Pas un demi-milliard de milligramme de salive. Ce sont les tripes. Toujours épicées les tripes, et puis les chocolats à la confiture n'ont rien arrangé. Langue-étoupe dans le four de la bouche. Mes dents vont se déchausser dans l'incendie des gencives. Les mirages vont venir : verres géants de limonade glacée, flancs embués des cruches d'eau, glaçons perlés nageant dans des apéritifs immenses. J'ai tout préparé. Tout. Pour manger, pour dormir, pour lire, pour fumer, organisation exemplaire. Tout, sauf la flotte.

Pourquoi ? Pourquoi cet oubli ? Je vais me foutre des claques, me torturer moi-même pour me punir, me flanquer la tête contre les murs. Quel con je suis, non mais quel con, je le répéterai jamais assez. Con, pauvre con.

Gros con.

Con.

Il n'est même pas quatre heures de l'après-midi. Pas question de monter boire à la cuisine, pas avant qu'ils ne soient couchés et endormis. Disons onze heures, de quatre à onze ça fait sept heures. Quatre cent vingt minutes à vivre avec l'enfer dans la gorge, bon Dieu, je ne tiendrai pas, je vais lécher les murs, boire mon urine, m'ouvrir les veines et me sucer le sang...

Penser à autre chose, à n'importe quoi.

Et l'autre crétine de Scarlett O'Hara à pleurnicher dans ses dentelles, alors qu'elle peut boire tous les thés glacés des garden-parties des deux Caroline et de la Lousiane réunies... Rarement lu un bouquin si horripilant. Je vais crever dans mon cachot, oublié de tous... parce que supposons la crise cardiaque ou la déshydratation. Qu'est-ce qui se passe ? Quatre jours s'écoulent, cinq, six... mes vieux s'affolent. Poste de police.

— Avec qui est-il parti ?

— Une jeune fille, Germaine Dutilleul.

— Vous avez son adresse ?

— A Paris, dans le XIe, son père travaille dans les Postes, son petit frère vient d'avoir la coqueluche, elle est châtain et mesure un mètre soixante-huit.

Enquête des flics.

Trois jours se passent.

Dring.

— Entrez, monsieur l'inspecteur. Vous avez trouvé quelque chose ?

— Pour avoir trouvé, on a trouvé !

— Et quoi donc ?

— Il n'y a pas de Germaine Dutilleul !

— Ah, j'en étais sûre ! Tu te souviens, Adrien, je te l'avais dit, mais alors où est-il allé ?

— C'est ce qu'on se demande. Snif-snif. Vous ne trouvez pas que ça sent bizarre chez vous ?

— Comment, bizarre ?

— Vous n'avez pas quelque chose qui pourrit dans le Frigidaire ?

— Certainement pas...

— On dirait que l'odeur vient de sous cette porte. Où est-ce qu'elle mène ?

— A la cave.

— On va jeter un coup d'œil.

Etc., etc. Je passe sur la découverte du cadavre. Voilà comment on meurt déshonoré.

Il me faut donc tenir. Ne pas regarder ma montre. Onze heures viendront de toute façon. Elles viendront lentement mais elles viendront. Enfin, il faut l'espérer.

Si j'essayais Spinoza ? C'est jamais marrant, Spinoza, mais avec en plus l'intérieur des joues en papier de verre, c'est illisible.

En plus, ça, c'est dans le meilleur des cas. Supposons que l'inspecteur soit enrhumé ou n'ait tout simplement pas d'odorat. Mes parents partent à ma recherche. La poussière recouvre mon corps, Antoine Berthier squelette sans sépulture, les rats jouent entre mes tibias, mes fémurs.

A peine une heure de passée.

Qu'est-ce qui m'a pris d'acquiescer ? Il fallait bondir, hurler : NON, non, surtout pas, pas de fiancée, jamais, ni passée ni présente ni à venir. Je le jure, sur la Bible, le Coran et le Talmud, ce sont des menteries, pourquoi n'ai-je pas subodoré le danger ? Je n'ai même pas dit oui, j'ai fait une mimique et Lucienne a sauté là-dessus, j'ai cédé, voilà, j'ai cédé par vanité, pour ne pas avoir l'air bête, pour démontrer qu'avec mon acné, mes rougissements, ma scoliose et tout le reste, je pouvais... et le résultat, le voilà : je meurs de soif dans ma propre cave.

Et ce voyage, ce camping, est-ce que c'était vraiment une si bonne idée ? C'est peut-être le pire de tout, la chose la plus imbécile qu'un humain ait jamais réalisée sur la croûte terrestre.

En plus, je vais louper le bac parce que voilà un mois que ça dure, cette histoire de Germaine ; déjà être amoureux crée un handicap, mais faire semblant de l'être est cent fois pire, ça demande un effort de tous les instants : pour ne pas se faire prendre, éviter les pièges, les recoupements, les invraisemblances. Ça avait failli m'arriver, d'ailleurs, il y a une quinzaine quand maman m'avait tendu la carte postale des Mélinot. Les Mélinot, c'est le pavillon à côté, on s'invite deux fois par an. En janvier, on va chez eux ; en juillet, c'est à eux de venir. Grandes noubas. Deux tartes aux blettes au lieu d'une. La mère Mélinot a deux spécialités : la pintade au four et l'ulcère variqueux. Elle salive de la première et gémit du second. Sa jambe est entourée de bandes molletières, on a envie de lui dire que 14-18 c'est fini et qu'elle peut sortir de la tranchée. C'est un cas curieux de destinée humaine, la mère Mélinot, certains trouvent leur voie, emplissent leur existence d'un amour fou, d'une grande idée, d'une passion pour leur pays, leur chien, le bricolage, la pêche à la ligne. Elle, elle a rencontré la pintade au four. Elle peut en parler des heures, comment je te la choisis, comment je te la plume, comment je te la vide, comment je te la farcis, jusqu'au bout, jusqu'à comment je te la digère... Et attention, il y a pintade et pintade, il y a la grosse et la maigre, la rouge et la noire, et celle des Deux-Sèvres qui n'a rien à voir avec la native d'Ille-et-Vilaine, et puis, il y a la cuisson, alors là, on peut rester six mois sur la cuisson, on n'épuisera jamais le sujet parce qu'il y a des écoles différentes :

il y a feu doux et feu moins doux, feu long et feu court, et il paraît évident que si vous utilisez un feu moins doux mais court avec une bête d'Ille-et-Vilaine, vous n'avez pas le même plat qu'avec une volaille des Deux-Sèvres à feu long mais plus doux. Il y a de quoi mourir. Ce qui me fascine le plus, c'est le père Mélinot. Ça fait quarante ans qu'ils sont mariés, et quarante ans que tous les jours il entend parler de pintade au four ; on pourrait s'attendre à une certaine lassitude concernant le problème, à des sautes d'attention, eh bien, pas du tout, je le regarde, dans ces moments-là, et je le vois qui s'intéresse, qui se passionne, qui interrompt par des exclamations : « Ah bon ! » « Ah ça alors ! » « Tu en es sûre ? » Jamais rassasié, jamais lassé. Ou bien il a des problèmes de mémoire, des amnésies journalières qui lui permettent de repartir à neuf à chaque fois, ou bien il mijote une vengeance éclatante : il va se prendre la mère Mélinot et l'encastrer une bonne fois pour toutes dans la cuisinière avec une garniture de légumes, et crac, à feu vif.

Où j'en étais ? Ah oui, la carte postale.

Donc, en plus de la pintade au four et des ulcères variqueux, il y a une autre constante dans la vie des Mélinot, c'est le voyage à Rocamadour. Tous les ans, fin juillet, ça fait pas un pli : cap sur Rocamadour.

Un jour, mon père qui a parfois un tempérament d'aventurier a posé la question :

— Vous n'avez pas envie d'aller ailleurs cette année ?

Silence des grands fonds.

Cette année ? Ailleurs qu'à Rocamadour ?

Non mais, ça va pas ?

Et où alors ?

Inconcevable. Ils ont expliqué qu'il n'en était pas question et que si une remarque aussi incongrue venait d'être faite, sa seule excuse était que le demandeur n'avait aucune connaissance de Rocamadour lui-même, qu'il n'en connaissait ni le charme ni l'intérêt, et que cette raison était à peine suffisante pour conserver une relation de bon voisinage de plus de vingt ans qui venait d'être profondément ébranlée par la suggestion précédemment faite. La rupture des relations Berthier-Mélinot fut donc évitée de justesse. Nous avons failli être privés de la saga pintade au four. Donc, l'année dernière, comme toutes les autres années, ils partirent à Rocamadour et nous avons eu droit à la carte postale représentant le rocher, de quoi je vous le donne en mille, le rocher de Rocamadour ; voilà, vous avez gagné deux sachets de shampooing Dop. Dop. Dop — Dop. Dop. Dop, tout le monde adopte DOP.

Il y aurait des volumes à écrire sur les cartes postales. Je me demande d'ailleurs sur quoi il n'y aurait pas de volumes à écrire. Maman les garde. Je comprends que l'on conserve les cartes reçues, il existe une race et, peut-être, un instinct de collectionneur, mais garder religieusement plus de vingt cartes de Rocamadour est quelque chose qui peut aller jusqu'à vous enlever la joie de vivre pour une bonne partie de votre existence. On a tous les aspects : Rocamadour vu d'en bas, d'en haut, sur le côté, un peu plus sur la droite, au soleil couchant, à l'aurore... Une année, on a bien cru que nous avions déjà reçu celle qui venait d'arriver : même angle, même éclairage ; pas du tout, sur l'une la troisième maison en partant du sommet a les volets fermés alors que sur celle reçue en 1938 ils sont ouverts. Parce que, si l'on y réfléchit, en vingt ans il s'en est passé de sérieuses, en particulier entre 39 et 45. On ne peut pas dire que ce fut calme, la planète qui craque... Stalingrad, Hiroshima, on a le choix dans les catastrophes... Des millions de gens assassinés, déportés, bombardés, déplacés, on peut dire que tout a été chamboulé de fond en comble, les nations, les mentalités. Eh bien, dans tout ce gigantesque chambardement, il y a quand même une constante, quelque chose qui dure, qui subsiste... Chaque année, à la même époque, les Mélinot sont à Rocamadour et nous envoient la carte postale.

Donc, ça y est, on y arrive. Ma mère me tend la carte et me dit :

— Tu prends les timbres ?

— Pourquoi ?

Elle a écarté les bras dans un geste dispensateur d'évidence.

— Germaine les collectionne.

C'est vrai que je lui ai conféré, entre autres caractéristiques, la philatélie, Dieu sait pourquoi. J'ai dû croire que cette touche accroîtrait le réalisme du portrait.

A soufflé, un dixième de seconde, un vent de

panique... J'ai redressé la voile par un coup de barre de raccroc.

— Elle ne s'intéresse qu'aux non-dentelés des Nouvelles-Hébrides.

Et toc.

Voilà, sans explications, elle est comme ça, Germaine. Uniquement les non-dentelés. Dès qu'elle voit une dentelle ou une dentelure quelconque, elle n'en veut pas. Elle piétine même, elle déchire. Ça la fout en rogne.

Et même ça la fait vomir. Que les non-dentelés.

Et les Nouvelles-Hébrides, c'est parce qu'elle voudrait y aller. On a chacun son truc, hein ? Elle, c'est les Nouvelles-Hébrides. Tout ce qui vient de là-bas, elle adore. C'est comme pour les Mélinot avec Rocamadour. Son rêve, c'est d'y aller ; alors c'est pour dire que les timbres des Mélinot qui ne sont pas des Nouvelles-Hébrides et qui, en plus, sont dentelés, il n'est pas question de les lui donner.

Il y a un moment où on s'enfonce soi-même, où sans le vouloir on complique à plaisir. Au lieu de m'embringuer dans les subtilités, j'aurais dû les prendre ces foutus timbres et les fourrer à la poubelle, au lieu de me coller la fièvre à inventer des dentelés, non-dentelés...

— Elle était contente de ses timbres, Germaine ?

— Oui, maman, très contente.

— Elle les a mis dans son album ?

— Oui, elle les a mis, elle te remercie beaucoup.

Et voilà, on n'en parle plus... Au lieu de ça...

Au-delà de la soif.

Chapitre premier. Prisonnier des sables.

Roberto Donaway rampait le long de la ligne de crête ; sous son ventre et ses genoux, la fine poussière ocre qui recouvrait le grand désert s'enfonçait en effondrements multiples. Il parvint cependant au sommet : sous le ciel d'un bleu meurtrier, sous un soleil vertical, implacable et métallique, l'horizon des dunes s'étendait à l'infini. Il avait atteint le cœur embrasé du pays de la grande soif.

J'aurais aimé m'appeler Roberto Donaway. Il y a quelques années, j'avais choisi Dakota Springfield, préféré de justesse à Franck Sportfire ; de toute façon, tout est préférable à Antoine Berthier, car Antoine Berthier me condamne d'entrée à une vie sans surprise. Avec un tel patronyme, je suis pratiquement obligé de travailler dans les Postes comme le père Dutilleul ou dans la mercerie, tel Adrien Berthier.

Je hais mon nom car il chasse l'héroïsme. La patrouille recula, cherchant un abri et tous les yeux se tournèrent vers le sergent Honneger.

— Qu'est-ce qu'on fait, sergent ? murmura Carlisle.

Il était le plus jeune de tous. Ses mains étreignaient convulsivement la crosse de son fusil.

Honneger jugea d'un coup d'œil la situation : ils étaient perdus. Les deux panzers bloquaient la rue, dans quelques secondes ils seraient morts.

— Courage, petit, murmura le vieux soldat.

En une brève seconde, Carlisle vit sous ses paupières jaillir les fleurs du Tennessee au printemps, elles venaient d'un coup après une nuit de pluie : il ouvrait la fenêtre et le parfum entrait. Les herbes avaient grandi et, si Dieu le voulait, Lorena l'attendrait accoudée à la barrière dans sa jupe à carreaux jaunes et rouges ; déjà il sentait la douceur de ses lèvres sous les siennes... Seigneur, il n'y aurait plus jamais de pareils matins...

Cette fois, tout était fini. Leurs os pourriraient à jamais sous les neiges de Bastogne. Adieu, Lorena, *the girl of my old country.*

Et tout à coup jaillit d'une maison éventrée un soldat, bazooka au poing. Tous le reconnurent et un hurlement de joie bondit des poitrines... même Honneger, le briscard rompu à toutes les émotions, ne put le retenir. Il était là et, comme à chaque fois, il apportait la vie et la victoire : c'était Antoine Berthier.

Personne n'y croit évidemment, alors que si j'écris : « c'était Dakota Springfield », le lecteur se dit qu'il va vraiment les sortir du merdier. A quoi tient le destin !... Le nourrisson à qui on fait des guili-guili en lui murmurant « Qu'il est gentil, le petit Zorro, il va bien boire son lolo » doit déjà comprendre obscurément qu'il n'usera pas beaucoup de manchettes de lustrine.

— Qu'est-ce que tu veux faire plus tard quand tu seras grand, mon petit Zorro ?

— Vengeur masqué.

— Très bien, allez, va jouer et ne te blesse pas avec ton fouet.

Sept heures et quart. Ils mangent là-haut. Manger et boire. Ils doivent parler de moi.

La forêt, protectrice et primordiale, le sommet des hêtres doucement balancés dans la brise du soir... froissement métallique et délicat des feuilles de peupliers qui vont s'obscurcissant. L'air sent la fougère. La tente disparaît à demi sous le feuillage large et non-dentelé comme un timbre-poste des Nouvelles-Hébrides. Adossés à un tronc moussu, Germaine et Antoine se tiennent la main et se laissent envahir par le silence végétal. La ville a disparu, nous sommes les premiers habitants d'un monde retrouvé, les rayons de nos vélos captent les dernières lueurs d'un jour qui s'exténue. Sur le réchaud, les tripes mijotent.

Non, plus de tripes. Plus jamais.

Je vais finir par m'ankyloser à rester couché. La lumière baisse.

Je n'aurais jamais pensé que cette cave fût si étroite.

Gymnastique.

Du plus loin que je me souvienne, j'ai fait de la gymnastique, mais de la gymnastique sournoise. Tout seul, en douce, dans mon coin. Je ne sais pas pourquoi. Je n'aime pas qu'on me voie m'agiter, toute cette trépidation corporelle doit me sembler ridicule. Au lycée, on tournicote tous à la queue leu leu sur un stade mâchefer, maigrichons dans des shorts trop longs. Je déteste ça : je n'arrive pas à monter à la corde, je gigote pendu au bout, je tire sur mes biceps-ficelles en pédalant dans le vide, araignée humaine... Une honte.

Je sautille.

J'ai dix-sept ans, je crève de soif et je sautille en

sous-sol entre piano déglingué et Frigidaire hors d'usage. Peut-être suis-je en train de passer les plus beaux moments de ma vie. Peut-être est-ce le meilleur, peut-être tout le reste sera-t-il pire... Abdominaux, à présent.

Ça fait dix ans que je fais des abdominaux. Je rêve de ventres quadrillés comme les plaques de chocolat, eh bien pas du tout : j'ai un bide mou comme un oreiller... aucun effet... je pourrais passer des années à faire des exercices, vingt heures par jour, une deux, une deux, enchaîner les mouvements, crever de douleur, et résultat : du saindoux.

Ce doit être une question de nature. Ce sont mes parents : le mélange a loupé, je suis un résultat insatisfaisant, les ingrédients devaient y être mais la mayonnaise n'a pas pris. Antoine Berthier : erreur de la nature. Le résultat est là : obligé d'inventer sa vie par incapacité de la vivre.

Tu vas pas pleurnicher, Francfort-Frites... T'es un homme, non ?

Comment ça, non ?

Tiens, ça y est, il fait nuit... Ils doivent écouter la radio. Surtout ne pas louper Zappy Max. Ils ne sont pas vieux pourtant. Mémé, je comprends qu'elle en soit là, mais eux ! A peine quarante balais et tous les soirs c'est Saint-Mandé, verveine et Zappy Max... Ils ne voient pas passer les mois dans leur pavillon... C'est pas comme moi... dix ans de ma vie pour leur tisane, trente ans pour les deux, même chaude, je m'en fous, du moment que ça se boit, que c'est liquide, que ça coule... Allez, plus qu'une heure... Qu'est-ce que c'est une heure dans la vie d'un homme ? Qu'est-ce que ça représente ?... Supposons un type qui a quatre-vingts ans, eh bien ça fait 80 × 365 × 24 heures, alors une de plus ou de moins, ça n'a vraiment pas d'importance... Une aiguille dans une meule de foin.

Et si je violais Germaine ?

Ça m'occuperait.

Parce que après tout, c'est maintenant ou jamais, l'occasion en or : la nuit, la forêt, la tente. Ça fait plus de trois mois qu'elle fait sa mijaurée... Pas ce soir, je colle mes timbres dans mon album... ah non, impossible, Vincent a la coqueluche... et mon algèbre à réviser, vous n'y pensez pas... Alors, là, finies les politesses et les reculades, Antoine Berthier lâche la bride à la bête... elle ne va pas s'en sortir comme ça, la Dutilleul.

La salope de Dutilleul.

— Viens, ici, Germaine, je te veux.

— Mais Antoine, reprenez-vous...

Avec sa tête toute gentille, toute sage, sa bonne boubouille bien raisonnable, avec le sourire décent... Pas une excentricité Germaine, le corsage repassé, le cheveu lisse et pas trop de ceci ni de cela. Le contraire de Viviane Romance. Pourquoi est-ce que je l'ai inventée ainsi ? Pourquoi est-ce que, même en invention, je ne me suis pas bricolé une pin-up ? Même pas capable de me traficoter une bien juteuse avec une poitrine à crever les murs et une bouche à vous avaler la culotte et le slip avec, des yeux de braise et les fesses folles et ondoyantes et charnues, une vraie dévergondée et sauvage et osée...

— Alors, mon petit Antoine, on va quand même pas cueillir des églantines jusqu'à demain...

— Mais mademoiselle Germaine...

— Il n'y a pas de mademoiselle Germaine, il n'y a plus que Sandra Esposito, la reine de Valparaiso, et ramène-toi un peu par là que je t'apprenne la vraie rumba.

— C'est que vraiment...

— Allez, viens, et attention à la manœuvre, s'agit pas d'arriver avant d'être parti, parce qu'il faut pas lui en promettre à la Sandra, ça te fait pas envie ça, petit bonhomme, et ça ? et ça ? Qu'est-ce que tu en dis de ça ? Un kilo et demi chacun et rien à jeter, allez, ramène-toi que je te malaxe, que je te pétrisse, que je t'enduise, que je t'enfouisse...

Pourquoi que je ne l'ai pas rêvée comme ça, Germaine ? Rien que le prénom, ça annonce la couleur : une tiédasse avec ses bouquins, son frangin, ses repassages, merde à la fin, pourquoi est-ce que je ne taille pas en grand large, en belle étoffe, je me refuse le chatoyant, le drapé, le soyeux... Ça ne coûterait pas plus cher, mais non, il faut que je joue dans la cour des bons élèves là où trottinent les timorés, les raisonnables, et le résultat, il est là : une fiancée qui plaît bien à maman.

Mais c'est pas une fiancée que je veux moi, bordel de merde, c'est une pute, une vicieuse, une gourmande... je m'en fous des classiques Larousse et des socquettes en fil d'Écosse, je veux un gros cul et... bon Dieu, je me suis mis en nage ; ça me ruisselle jusque dans les lombaires avec cette frénésie... Je me mets dans un bel état. Tension de tout mon être, comme dit le poète. A cette allure, je vais sortir de mon falzar par la braguette.

Ne pas toucher : si je m'effleure, je cartonne, j'explose, j'éruptionne, je m'expédie dans les stratosphères... allons, Antoine, calme-toi, allez, repos, repos : pense à Germaine, tiens, ça te changera les idées. Imagine-la bien, son front pur sous la lampe, qu'est-ce qu'elle lit ? Spinoza, eh bien avec ça, on est tranquille. Tout bien rangé impeccable : les stylos à droite, les cahiers à gauche, l'encrier au milieu, et moi je roupille déjà.

D'ailleurs, il est onze heures.

Eh bien voilà, ça y est. Onze heures.

Quelques secondes encore, aventurier du désert, et tu aborderas aux sources du grand fleuve.

Lampe électrique. Cercle dansottant sur les murs... Arsène Lupin se cambriolant lui-même...

Je monte les marches. La porte. La poignée.

Vestibule. Je suis dans la maison.

Silence et obscurité... aucune crainte à avoir. Depuis que je suis né et sans exception notable, tout le monde est au lit à neuf heures et demie. Et quand on est au lit on y reste, donc pas de crainte à avoir. Et puis, je ne vais pas y passer une heure. Objectif : robinet de la cuisine, source de vie, je suis la terre aride et craquelée. Je l'imagine déjà.

Baskets de silence sur le linoléum, juste un imperceptible et caoutchouteux couinement. Quatre pas.

La porte.

L'évier luit. Langue collée, granitique... mes dernières sahariennes secondes. Reflet sur la table de la toile cirée à carreaux. La nuit est claire par les vitres de la fenêtre, chaque fond de casserole arbore la médaille d'ardoise qu'octroie un ciel cendré... Attention au dossier de la chaise. M'y voilà.

Pas de verre, il y aurait risque de tintement.

Directement du producteur au consommateur. Lèvres ouvertes tétant le métal annelé du brise-jet.

Ça coule.

Alléluia, extase, prurit de bonheur insondable, jardins inondés, lacs sous la lune, glaciers éternels, torrents impétueux, flore déployée, brouillards et crues, jamais cette fête ne cessera, je rue dans la lagune, je plonge dans le Danube, les Amazones, les Yang-tseu-kiang, je m'ébats, océans fugueux, cap de Bonne-Espérance, Gibraltar, je croque les icebergs, j'engloutis des Méditerranée, j'en hoquette, j'en bave, j'en ruisselle, j'en déborde, je suis le vase et la fleur, l'arrosé et l'arrosoir, l'abreuvé et l'abreuvoir. Je m'inonde, je déborde, je suis plein.

Stop.

— Il avait soif.

Cœur bloqué. Je me retourne plus que précautionneusement car il est bon de ne pas brusquer ses hallucinations. Je me penche vers l'endroit d'où le son m'est parvenu.

Une forme. J'en connais le contour : Mémé.

Dans l'ombre, invisible sur la chaise paillée rapportée d'Avignon, elle me regarde. C'est une erreur, il faut que c'en soit une, je ne peux pas avoir si peu de chance, ça n'existe pas, ce serait trop anormal, trop injuste.

— Qu'est-ce que tu fais là, Mémé ?

— Et lui ?

Je me souviens à présent. Elle en avait parlé quelquefois : des insomnies, rien de grave puisque c'est une affaire de vieux, à mon âge on sait pertinemment que ce qui leur arrive ne compte pas... Ce sont des êtres sans surprise, des gens de redites, de petits gestes, de biscuits secs et de manies innocentes. Elle descendait à la cuisine, allez savoir pourquoi, comme si elle n'aurait pas été mieux dans son lit... Elle fuyait la chambre, peut-être parce qu'elle savait qu'elle allait y mourir. Elle s'installait là, sur la chaise du pays, les yeux ouverts sur la cuisine vide, les mains croisées dans le noir.

— Moi ? Eh bien... je buvais... je...

Je me suis assis en face d'elle, les jambes mortes. La seule chose dont j'étais sûr, c'est qu'on n'avait fait que chuchoter, et que tout était simple puisque j'étais pris. C'était même pas la main dans le sac, c'était au point que personne n'avait jamais été pris comme moi... Un rat dans la trappe. Bien refait, bien foutu...

J'ai eu la petite tentation de prétexter un accident de vélo, une engueulade, n'importe quoi, mais la fatigue m'a pris par les oreilles et secoué d'un coup...

— Je viens de la cave.

Je la vois mal dans le noir, c'est peut-être mieux, je peux l'imaginer plus gentille qu'elle n'est, plus compréhensive. C'est pas que je ne l'aime pas mais on se connaît guère, en fin de compte. On croit toujours qu'il y a des liens entre grand-mère et petits-enfants, c'est pas vrai toujours ; nous, on s'est pas beaucoup reniflés, on vivait loin l'un de l'autre, elle n'aimait pas quitter la campagne, et nous on n'y allait pas souvent parce qu'un voyage ça coûte des sous, et qu'il fallait penser à rembourser pour la maison... Et puis, il y a eu la guerre, la zone occupée et les bombardements, ça fait six mois, même pas, qu'elle s'est installée ici, après la mort de sa sœur. Ce n'était plus possible qu'elle vive seule, alors elle est venue à Saint-Mandé, la dernière escale.

— Et qu'est-ce qu'il fait à la cave ?

Le plus drôle, c'est que je ne m'étais jamais demandé avant ce soir si c'était facile ou non de passer sa vie dans un endroit et de venir mourir dans un autre... Peut-être pas. C'est vrai qu'elle a l'air lointaine, elle a son regard anglais, je ne me suis jamais demandé pourquoi.

— C'est compliqué à raconter.

Je la sens tendue vers moi, elle a bougé... peut-être pour mieux entendre. Je vais lui dire... qu'est-ce que je peux faire d'autre ? Tout ce que je peux espérer, c'est qu'elle cafte pas à sa fille ni à son gendre.

— Voilà, dis-je, j'ai tout inventé.

Je discerne vaguement qu'elle hoche la tête.

— C'est pour faire plaisir à maman, murmure-t-elle, elle voulait qu'il ait une fiancée, et comme il n'en avait pas...

Et c'est comme ça que j'ai tout balancé.

Pendant les trois jours qui ont suivi, elle est venue souvent à la cave, enfin autant de fois que c'était possible : pendant que ma mère faisait les courses, et puis la nuit, quand tout le monde était couché. Elle m'a apporté de quoi manger : des fruits, des tomates à la provençale, du riz au gras, un pot de rillettes, tout ce qu'elle pouvait se mettre sous le coude sans attirer l'attention. J'ai jamais autant mangé. Ça, plus le manque d'exercice, quand je suis sorti, j'avais pris deux kilos. Maman a mis ça sur le compte du bon air.

On a parlé beaucoup. En fait, pendant tout ce temps, ma grand-mère m'a servi de fiancée. Parfait pour un type comme moi. Ça m'a fait toucher les limites de la séduction.

Elle m'a raconté pas mal d'histoires sur la famille, sur son jardin, sur ses copines... Quand je suis né par exemple, elle m'a dit qu'elle n'avait éprouvé aucune émotion : elle s'en était foutue complètement. On s'est tordus de rire quand elle m'a raconté ça. C'est assez rare qu'on vous dise des choses pareilles, même Churchill aurait hésité.

Elle n'a jamais parlé.

Je veux dire par là qu'elle ne m'a jamais trahi. C'était un truc entre nous, on n'y a jamais fait allusion, mais ça a compté.

De temps en temps, à table le dimanche, ma mère avait un petit revenez-y... c'était plus fort qu'elle, elle n'a jamais su résister.

— Et... et cette jeune fille dont tu nous avais parlé, tu as des nouvelles ?

En général, j'avais les dents pleines de tarte aux blettes.

— Quelle jeune fille ?

— ... celle avec laquelle tu étais parti en camping ?

Là, je vois Mémé se détendre, elle paraît subitement de bonne humeur, comme si une idée agréable lui traversait la tête ; je sais qu'il lui suffit de penser à cette histoire pour qu'elle se gondole toute seule dans sa chambre.

— Germaine ?

— Oui, c'est ça, Germaine.

— Tu sais bien que nous avons rompu.

— Ah...

On ne s'imagine pas ce qui peut entrer de déception dans une syllabe. Plusieurs tonnes si on s'y prend bien... Si je me laissais aller, si j'abondais dans son sens, je pourrais lui annoncer qu'on est réconciliés, qu'on a repris. Elle pourrait comme ça l'inviter chaque dimanche, et moi j'inventerais des excuses pour expliquer son absence, et un beau jour, qui est-ce qui se retrouverait dans la cave en train de relire *Autant en emporte le vent*, en se tapant des conserves ? Non, c'est bien fini avec Germaine, nous n'étions décidément pas faits l'un pour l'autre.

Il faut que je me le dise à la veille du bac : les filles qui ne sont pas venues ne viendront plus. Je ne dois pas être le seul au monde dans ce cas, et suivant la façon dont on examine la chose, ce n'est peut-être pas un drame, c'est peut-être même une aubaine. Le coup de pot total. Elles passeront au large, balayant l'air de leurs jupes douces ou violentes... robes à pois, corsages flous, doux uniformes, leurs mollets tournent dans la lumière de l'an 47, leur taille est ronde et leurs yeux rient, elles portent le sac surchargé des lycéennes. Qui aiment-elles ? Peut-être l'une d'elles s'est-elle inventé un amoureux... Une maman inquiète l'aura suscité :

— Alors, Germaine, vraiment pas ? Tu peux bien me le dire.

— Mais non, maman, je t'assure...

— Allons, quelle importance, c'est de ton âge, moi j'en avais déjà eu trois...

Soupir de Germaine.

— Bon, eh bien, tu as raison, j'ai un amoureux.

Rire triomphant et maternel.

— J'en étais sûre, et comment il s'appelle ?

Germaine Dutilleul a senti le danger, mais il est déjà trop tard pour la reculade. Un nom au hasard :

— Antoine.

Ravie, la maman. Un peu belle-mère déjà, il va donc y avoir à présent tout un gros tas de soucis à se faire : un vrai bonheur.

— Antoine comment ?

— Antoine Berthier.

Et voilà comment on entre dans la vie des femmes.

— MONSIEUR Martureau, s'il vous plaît.

Le costaud au blouson se lève.

Il fait complètement nuit. Le lustre est allumé, je ne m'en suis pas aperçu.

La place de la grosse dame est vide et le petit monsieur à qui j'ai cassé deux dents a fui lui aussi...

Une heure est passée exactement : deux clients. Pamphile est dans le rythme, ce type s'apparente au métronome.

Dans soixante minutes, je saurai.

Je saurai comment ce grand crétin boutonneux, planqué dans sa propre cave pour cause de fausse fiancée, va achever cette vie qu'il avait tant de mal à vivre...

Allons, pas d'apitoiement, bonhomme, c'est toujours dommage que les gens meurent, parce qu'en fait ils ne le méritent jamais vraiment, nous avons tous, à un moment ou à un autre, été attendrissants. J'ai parfois l'impression que moi, plus qu'un autre, mais je dois manquer de recul... Ce ne fut pas une belle période que l'adolescence, j'y ai tenu dans mes bras plus d'oreillers que de femmes... Elles sont venues plus tard, ce fut le moment où je me suis demandé si les oreillers n'étaient pas préférables.

Non, ce n'est pas vrai, j'ai toujours eu tendance à l'outrance. Ce qui est excessif est spectaculaire, et j'aime le spectacle. Je me souhaiterais si différent : portant sur le visage le masque des grands drames... pestiféré du destin ayant sur son front les insaisissables mais si visibles marques des tragiques. Loup solitaire cherchant raison de vivre. Je fus si anodin que j'ai rempli mes années par des tentations répétées pour me conférer de l'importance...

Il ne faudrait pas croire que cela n'arrive qu'à Francfort-Frites, l'acné est partie mais la connerie est restée, l'orgueil, la fatuité. Peut-être suis-je le même... vieux lycéen attendant la sentence. Il s'agit toujours de savoir si les examens sont bons...

Je vais replonger. Au bout de ma ligne, il doit bien y avoir encore un goujon de souvenir, une ablette de passé... de quoi m'enfouir dans la mémoire jusqu'à l'instant de vérité. Je vais fermer les yeux à nouveau et remonter la canne à pêche...

Une heure.

De toute façon, et quel que soit le verdict, je rentrerai chez moi. Je prendrai par les boulevards, c'est une trotte, comme disait ma mère, mais rien ne me presse. J'aime bien déambuler. Si l'on y fait attention, on s'aperçoit que la tête des gens change suivant les quartiers ; il y en a certains où ils ont l'air plus heureux qu'ailleurs, le poids de l'air n'est pas le même, nous passons par des micro-climats affectifs. Sur les boulevards, ça va, l'air y est à peu près bon, meilleur vers l'Opéra que vers la République, mais dans l'ensemble c'est positif, et je connais à l'angle de renfoncements des boutiques à sandwiches composites, je les mange debout, dans des sortes de placards carrelés donnant sur le trottoir, les néons y sont livides et l'endroit tient plus de la morgue que du repaire à casse-croûte, mais j'y suis bien. L'une de ces boutiques porte une inscription : Chez la mère Guez.

La merguez.

C'est un jeu de mots. Il m'est apparu tellement navrant que c'est là que je m'arrête de préférence. C'est assez bon et pas cher.

Donc pour ceux qui, tout à l'heure, me verront mordre dans ma mixture, il n'y aura aucune différence entre un Berthier pétant le feu et un Berthier condamné. Moi qui me suis tant soucié de l'opinion des autres, cela devrait compter…

Replonge, petit, replonge… le fleuve a coulé… disons la rivière… en fait le ruisselet…

Deuxième partie

ANNIVERSAIRE de mariage. Penser aux fleurs. Je les prendrai ce soir en rentrant, chez le fleuriste de l'avenue Manin.

Je n'avais, si je fais les comptes, aucune raison de l'épouser. C'est indiscutable, depuis vingt-cinq ans j'ai eu le temps de le vérifier.

Parallèlement, et cette deuxième affirmation est aussi exacte que la première, je n'en avais pas davantage de ne pas l'épouser.

C'est là qu'a commencé le dilemme.

Parce que, lorsqu'un côté de la balance penche, pas de problème, on abonde dans ce sens : si elle est intelligente, jolie, rigolote, tendre, élégante, etc., etc., mais que, par contre, elle zozote, le choix reste facile, on épouse.

On se dit que c'est charmant, que ça fait enfantin, que c'est à peine perceptible, et puis on finira bien par s'habituer, et que si ça ne passe pas avec l'âge, ça peut peut-être s'opérer, et que si c'est pas possible, il reste les boules Quiès et le crime passionnel.

Inversement, si on a une grosse, moche, bête,

pauvre, malade et caractérielle, mais qu'elle réussit divinement les tomates à la provençale, eh bien en général on laisse tomber. A moins d'avoir un amour assez obsessionnel pour la cuisine méridionale, ce serait vraiment ridicule de partager sa vie avec la créature susdite. Surtout qu'elle ne vous le mitonnera pas tous les jours, votre plat préféré, et c'est bien mieux ainsi, car en supposant qu'elle le fasse vous finiriez par vous en lasser, et alors là, ce serait terrible parce que vous n'auriez plus aucune raison de vous marier avec, et ce serait catastrophique puisqu'elle serait déjà votre femme. C'est le genre de raisonnement qui me vient lorsque je me rase au début de l'hiver.

On pourrait supposer qu'un garçon aussi futé et brillant que moi, puisque distingué professeur de l'Université de Paris, aurait naturellement des pensées acérées et finement ciselées. Pas du tout. Pour être intelligent, il faut que je force. J'ai une propension à me laisser aller au vagabondage guilleret dans les vastes et verdoyantes vallées de la stupidité. J'ai grande joie à me vautrer sous les accueillantes frondaisons de la couillonnade.

Je sais pertinemment que les rapports entre deux êtres ne se posent pas en termes d'équilibre et que le pesage entre le pour et le contre n'est pas de mise dans ce domaine, mais il faut bien avouer que ce serait plus facile.

Ça y est, je me coupe.

A l'endroit où le menton se transforme en cou, sur la gauche... Dix ans que je me massacre au même endroit... comme au temps de mon printemps boutonneux. A quarante-huit balais, j'en ai pourtant fini avec les éruptions cutanées.

Tout de même, je me souviens, un soir, au retour d'une promenade dominicale avec elle, dans le tout proche bois de Vincennes, avoir pris une feuille de classeur et l'avoir longitudinalement divisée : crédit à gauche, débit à droite. J'ai alors tenté de faire le bilan.

Je n'y suis jamais parvenu car tout crédit pouvait être versé dans la case débit, et inversement.

Par exemple sur le plan physique. Jolie ou pas jolie ?

Impossible de trancher. Mauricette pouvait être l'un ou l'autre. Je n'arrête pas de changer d'avis à ce sujet. Il y avait des moments où ça allait, suivant l'angle, les ombres, mon optimisme, et parfois, crac : laide. Quelque chose de flasque surgissait, comme si des glandes d'un coup se mettaient à pomper des viscosités, gonflant joues et bajoues. L'œil s'éteignait, les lèvres décrochaient, glissade des sourcils, effondrement des commissures, alourdissement des narines, apparition du batracien sous la femme, le menton rentrait, arrondissement des pupilles, une truite saumonée en vue, vite l'épuisette, j'exagère bien sûr, mais c'est vrai qu'il y avait de ça... Et puis parfois, au contraire, flash, spot, sunlight, Hollywood et Brigitte Bardot, elle irradiait, piquante, à mon bras, jusqu'à ce que, splash, plouf, court-circuit, œil plâtreux, mine de plomb et tif filasse, c'était reparti pour la beauté.

Pareil pour l'intellect.

Je tortillais mon stylo : à droite ou à gauche ? Là

aussi ça dépendait. D'un côté, elle avait son agrégation de grammaire ancienne. On peut évidemment toujours prétendre que la grammaire, surtout ancienne, c'est vraiment con, et qu'il faut avoir atteint un niveau élevé de manque de perspicacité envers soi-même pour ne pas oser s'avouer que c'est horriblement emmerdant, et qu'y consacrer cinq ans de sa belle jeunesse au lieu de cueillir des champignons ou toute autre activité en prise sur le réel, est un choix aberrant ; mais enfin, une agrégation, c'est une agrégation, comme disait maman, et il faut avoir du chou pour l'obtenir, et Mauricette l'a obtenue. Donc je mets une croix à droite. Mais attention, Mauricette est quand même la femme qui a dit à haute et intelligible voix, il y a environ une dizaine d'années, au cours d'un soporifique dîner entre amis : « Ce n'est pas le tout d'avoir des enfants, encore faut-il les faire et les élever. »

Il y a eu un silence. On peut même dire un froid.

Une croix à gauche ?

Ce n'est pas faux, mais tout de même, après tant d'années d'études, on pouvait s'attendre à un peu plus d'élévation dans les conceptions pédagogiques. Elle a parfois des jugements à l'emporte-pièce qui laissent pantois. Elle peut par exemple affirmer *ex abrupto* quelque chose de semblable à :

— Moi, ce que je demande à une voiture, c'est de rouler.

Ça peut cueillir à froid. J'en ai vu qui prenaient

la chose de plein fouet, assommés par le poids de l'évidence. Manifestement ils cherchaient ce qu'on pouvait bien lui demander d'autre... peut-être de passer une agrégation de grammaire ancienne.

Je ne vais pas pousser la mauvaise foi jusqu'à faire une liste qui, de toute façon, ne serait pas exhaustive, mais je peux quand même relever certaines formules péremptoires par elle prononcées, du style :

— Ce qu'il y a d'ennuyeux avec le chou, c'est qu'il sent le chou.

Celle-là m'a marqué par l'exemplarité de son expression lapidaire et de son caractère irréfutable. Essayez donc de prétendre le contraire. Il y en a eu d'autres. Je cite au hasard.

A l'enterrement d'un voisin apparemment doté d'une femme à forte personnalité : « Bien qu'on ne sache pas où il se trouve, il est toujours plus heureux là où il est. »

Au baptême du premier-né de mon beau-frère, en examinant le bébé : « Alors celui-là, c'est pas la peine de demander qui c'est qui l'a fait. »

Ça rassure toujours le papa.

Je ne vais pas plus loin, mais c'est vrai qu'elle a ce genre d'affirmations pour toutes les circonstances capitales ou secondaires de la vie. Elle semble parfois avancer sur le sentier de l'existence en sautant de vérités premières en certitudes inébranlables, et ça, il n'y a rien de pire.

Et puis, par moments, la culture remonte et elle se met à expliquer. C'est par crises, elle ne peut plus cuire un œuf sur le plat sans en faire l'explication de texte avec subtilités d'analyse, motivations cachées, etc., etc.

Par exemple, le jour où j'ai laissé brûler le gratin dauphinois, elle m'a révélé que j'avais tenté par cette action de la punir de la visite de sa mère qui avait eu lieu la veille. J'avais rétorqué que si telle avait été mon inconsciente intention, je n'aurais pas attendu le lendemain pour me livrer à cette action peu reluisante. Elle a prétendu que si, parce que, le jour même, la signification en aurait été trop évidente, et que ma naturelle lâcheté avait joué le rôle de serre-freins.

C'était sa propre expression : serre-freins.

Nous avons dû en parler pendant quinze jours, et il nous arrive encore d'y faire allusion. L'événement s'est passé il y a aujourd'hui une petite vingtaine d'années.

Passons à la rubrique tendresse.

Côté contre, il y a les refus motivés : « Non, j'ai mis ma crème. »

Je me suis au début demandé ce qu'était cette crème. Une sorte de glu poisseuse, une tourbe dont les viscosités et les pestilences knockoutaient les tentations charnelles ; il s'agissait d'une crème dite de nuit contenant des protéines bienfaisantes et formant masque en vue du retardement des rides. Rien à redire, mais il faut honnêtement en déduire que les élans érotiques n'ont pas été très insistants puisque « non, j'ai mis ma crème » est sans doute la phrase qu'elle a le plus prononcée entre 1951 et avant-hier soir. Nous sommes en 1978.

Au crédit, on pourrait mettre l'acharnement

louable qu'elle met à me soigner lorsque je suis la victime de l'une de ces grippes ou angines qui ont constellé assez régulièrement mes frimas.

Elle livre alors un combat sans merci contre la fièvre, les migraines, les coulements de nez, les irritations de gorge, combat auquel j'assiste avec une reconnaissance humiliée. En fait, je me demande si ce qui l'intéresse n'est pas davantage la victoire contre le mal que la guérison du patient.

Mauvaise langue, peut-être.

En tout cas, l'administration de toutes ces gouttes, sirops, potions, tisanes, antibiotiques, se trouve soulignée par une douceur quasi maternelle entachée peut-être par deux remarques, la première étant sous forme interrogative : « Où est-ce que tu es encore allé attraper ça ? » Question intéressante mais à laquelle j'ai toujours eu beaucoup de difficultés à répondre, et la dernière, concluant le combat, une sorte de sceau marquant le triomphe ultime : « Et maintenant, j'espère que tu feras un peu plus attention. »

Attention à quoi ?

Aux microbes ? Invisibles. Aux courants d'air ? Imprévisibles. Enfin, tout cela pour dire que, n'ayant pu décider si je devais me marier ou pas, j'ai fini par convoler pour une raison qui semblera étrange : je suis arrivé à me persuader que cela n'avait pas beaucoup d'importance.

Curieux mais réel. On en fait en général tout un fromage : le mariage, changement complet de vie, on déménage, on quitte la solitude, on apprend à vivre à deux, il faut laver le lavabo après usage, acheter deux tranches de jambon au lieu d'une, éviter de s'endormir dans les waters, c'est le branle-bas absolu. Un homme naît, meurt et, entre les deux, il se marie. C'est l'une des choses les plus graves qui soient, la plus primordiale, eh bien je ne sais pas comment je me suis débrouillé, mais je suis parvenu à me rendre cet événement anodin... J'ai pensé que la présence d'une dame à mes côtés ne m'empêcherait pas d'être moi, qu'entre les heures de travail, le sommeil, le temps de transport, les commissions, le pipi-caca et autres moments libérateurs, on est peinard, qu'en plus il n'est pas toujours désagréable de causer à quelqu'un de temps en temps, et qu'en tout état de cause, et si on savait bien s'y prendre, être marié n'empêcherait pas de vivre, donc pas de quoi en faire des pendules.

... Regarde, petit Antoine, un ciel décembral se pomponne pour la fête du jour, il fera frisquet-guilleret sur les berges de Seine. Je passerai par la Cité pour la statue de Charlemagne, je ne me suis jamais lassé de sa masse de bronze, il est mon inverse : majestueux et tout-puissant, il règne sur ces rivages domptés qui, au printemps, sentent les fleurs coupées du marché tout proche. Des enfants courent idiotement dans le square Notre-Dame et grimpent entre les pattes de son cheval.

J'aime les coins de fleuve à condition qu'ils soient urbains... Je passerai par le pont d'Arcole, il a toujours eu ma préférence... une question d'arche. Je rentrerai alors par la rive du savoir. Entre Saint-Jacques et Saint-Michel, les fronts se font plus lourds... Jardins des Thermes aux ruines moussues.

J'y ai sur ces bancs aux merdes pigeonnières révisé d'ultimes concours... ces lieux portent encore la trace de mes angoisses estudiantines.

Combien de jours de jeunes vies dépensés pour maîtriser Spinoza ! Je me suis demandé, trop tard, si Spinoza lui-même aurait recommandé pareil sacrifice... Allez dans les bois cueillir les lilas et oubliez-moi un peu, je suis un vieux juif hollandais et myope, fabriquant de lunettes et de morales, et toutes mes systématiques élucubrations ne valent pas une heure de Sorbonne.

Mauricette dort. Le bois des marches craque. Elle proteste, la vieille maison de Saint-Mandé, de plus en plus.

Car je suis resté à Saint-Mandé. On ne me sort pas de ma coquille primordiale.

Cela me rappelle les derniers instants de mon père. Il est mort ici, en haut, dans la chambre du fond où il s'était replié avec maman lorsque Mauricette est arrivée.

J'ai pensé longtemps à cette histoire, je ne l'ai jamais éclaircie d'ailleurs, elle reste pour moi un peu inquiétante voire douloureuse, puisque liée à la disparition d' « Entièrement d'accord ».

— Bonjour, monsieur Berthier, vous savez qui je suis ?

— Vous êtes la mort, madame la Mort.

— Très bien, monsieur Berthier, le temps est venu pour vous de me suivre.

— Entièrement d'accord.

Ce n'est pas lui qui se serait débattu ou aurait élevé des protestations... Probablement étonnée par tant d'exemplaire sagesse, la camarde avait accordé un sursis, la récompense au bon élève. Adrien Berthier méritant et discipliné inscrit au tableau d'honneur.

Maman était sortie, pour les courses. On a beau mourir, il faut manger, j'étais resté avec lui... nous n'avons pas été si souvent seuls, et il m'en venait un malaise et une douceur... Il m'avait emmené une fois voir des courses cyclistes à Vincennes, à la Cipale... C'est Toto Gérardin qui avait gagné. Il n'aimait pas, je le sentais : le vélo l'ennuyait, au-delà de tout, tous ces pédaleurs tournant sans cesse, il ne comprenait pas, il se tenait dans son petit costume de la Mercerie-Passementerie Bertonin et Fils gros et demi-gros, avec, tout autour de lui, des costauds vociférants en pull jacquard, pantalons de golf : « Vas-y, Toto, appuie, mon petiot. » Des types qui vous enjambaient la bécane et vous tricotaient le Tour de France sans changer de braquet.

J'ai dû être un môme triste, parce que je n'avais pas un papa gai... Enfin, au moins on prenait l'air.

C'était un refrain connu. Quand on s'était bien baladés jusqu'au fin fond de l'ennui, que l'on avait marché jusqu'au tréfonds de l'emmerdement entre Vitry-sur-Seine et Joinville-le-Pont, ma mère tirait de la promenade la grande conclusion revigorante : « Eh bien ! on peut dire qu'on a pris l'air ! »

Qu'est-ce qu'on pouvait bien prendre d'autre ? Il n'y avait rien, que des rues à pavillons fermés, en meulière, avec des jardinets grands comme des paillassons, couleur mâchefer. Ça m'a valu une claque, une des rares que j'ai prises, peut-être la seule... Je devais avoir douze ans. On avait marché ce jour-là jusqu'à Champigny, une vadrouille à vous faire rentrer les jambes dans le corps.

C'était un dimanche au-delà du lugubre, l'univers comme une banlieue, pas une couleur, tout dans les gris, même le ciel, de la cendre froide au fer étamé en passant par l'ardoise bretonne et la blouse d'instituteur. Des enfilades de rues identiques, et il avait commencé à pleuvoir, les rails des tramways suivaient des quais oubliés... Une vraie fin de monde, sans chaos, sans vacarme, une glissade irrémédiable dans la bouillasse et le crachin. Troquets fermés et volets clos, il n'y avait que nous dehors sous la flotte, des trombes régulières, sans furie, on sentait que c'était parti pour longtemps, et sans doute pour toujours. On n'a même pas pressé le pas, ça aurait servi à quoi ? Sous les paisibles cataractes, on était déjà trempés.

Quand on a retrouvé Saint-Mandé, qu'on s'est arrêtés sur le pas de la porte à ruisseler comme des cascades, ma mère a dit : « Au moins, on aura pris l'air. »

C'est là que je suis intervenu ; au lieu de continuer tranquillement à pisser de la flotte sur le perron, j'ai dit : « On a pris l'eau aussi. »

Et paf, avec les cinq doigts de la main. C'était parti tout seul, et je ne l'ai pas vu venir. Même sur le coup, je ne lui en ai pas voulu parce que ce que j'avais dit, c'était un total sacrilège. L'air, c'était la santé, c'était quelque chose qui vous entrait jusqu'au fond des poumons, qui vous dilatait les alvéoles, qui purgeait, qui réalisait, qui magnifiait. Respirer était une régénération, chaque inspiration une naissance... et moi, petit con, avec mes idées obtuses et ma vue basse, je venais par mes insinuations perfides saper ce magnifique édifice vital...

Coupable, une fois de plus, j'avais voulu faire mon intéressant, sous-entendre que l'essentiel était superflu, j'avais renversé le cours du temps, miné les biologies... prétendu, oui, on pouvait dire que j'étais allé jusque-là, que la base sur laquelle s'élevait la cellule familiale, j'ai nommé la promenade du dimanche, pouvait être remise en question. Surtout que c'est pour moi qu'ils marchaient ainsi, parce qu'ils me l'ont fait remarquer par la suite : eux, ils l'avaient eue, leur portion d'air. Depuis quarante ans et plus qu'ils respiraient, ils avaient eu le temps d'en emmagasiner de l'oxygène, alors que moi, tout nouveau avec mes poumons tout neufs, tout raplapla, il fallait que j'en avale un maximum si je voulais me faire une belle santé ; donc, ces heures de traîne-patins à déambuler de marasmes en dégoulinades, c'était pour moi et j'aurais pu en avoir un peu de reconnaissance. Parce que je croyais peut-être que ça les amusait eux de se dandiner de Champigny à Vincennes pendant des heures ? Je m'imaginais peut-être qu'ils faisaient ça pour le plaisir, comme s'ils ne connaissaient pas les sempiternelles haies de troènes, avec les grilles vert bouteille et les géraniums sous les vérandas, et les massifs miteux, et les potagers derrière avec trois poireaux et quatre salades fripées... Tout ça pour respirer ! Moi je croyais que c'était facile la respiration, que ça allait de soi, qu'il n'y avait pas à forcer, eh bien pas du tout, c'était un travail, et peut-être même un métier : respireur.

— Qu'est-ce que tu veux faire quand tu seras grand ?

— Respireur.

Je me suis égaré, là. Je parlais de mon père. Bon. Donc, je suis seul avec lui et c'était les derniers moments. D'ordinaire, on ne savait pas trop quoi se dire, mais alors là, on peut imaginer... Qu'est-ce que vous voulez raconter à quelqu'un qui s'apprête à larguer les amarres ? Que faut pas s'en faire, qu'il a bien de la chance, que nous sommes tous mortels et qu'un jour ou l'autre... Il ne fait jamais beau quand on meurt ; je voyais le jardin par les fenêtres, et ça ressemblait de plus en plus à une vieille serpillière ratatinée sous la gelée. Jamais plus on n'y verrait pousser un brin d'herbe, c'était parti pour les siècles à venir, c'était tellement moche que le printemps n'y viendrait plus.

Il a bougé un peu sur l'oreiller et il a dit quelque chose qui m'a arraché le ventre...

Je n'avais pas pleuré jusque-là mais ça m'a retourné parce que c'était définitif, une constatation irrémédiable, comme un souhait qui jamais ne serait réalisé, et en même temps ça m'a étonné parce que c'était quelque chose dont il n'avait jamais parlé, un secret gardé toute sa vie, une envie, un rêve inaccessible qui mourait avec lui. Il a dit :

— Finalement, je n'aurai pas connu Remiremont.

Ça a duré dix secondes pendant lesquelles j'ai senti ce qu'était une vie brisée... Il avait eu ce désir, si petit, à sa mesure, si proche... ce n'est pas loin Remiremont, c'est dans les Vosges, on aurait pu, par le train... Il a soupiré un peu et il a ajouté :

— J'ai eu bien de la chance...

Ça m'a coupé net les lacrymales.

Il est mort une demi-heure après, il paraissait tout content et je savais pourquoi : il n'avait pas connu Remiremont.

Le mystère est resté : après l'enterrement, j'ai demandé à ma mère s'ils avaient parlé ensemble de ce bled, s'il avait eu un lien quelconque avec cette ville. Elle m'a assuré que non, qu'il n'y avait aucune attache, il venait de Lozère, ce n'est pas la direction, la mercerie n'y avait pas de succursale où il pouvait craindre d'être envoyé, il n'avait jamais été question pour eux d'y passer, même dix minutes en vacances...

J'ai regardé dans ses papiers, dans le dictionnaire : Remiremont, chef-lieu de canton, arrondissement d'Épinal, il y a une abbaye et des constructions mécaniques, la Moselle et dix mille habitants. Comme quoi on ne connaît jamais les êtres ; il n'y avait pas plus simple que lui, plus transparent. « Entièrement d'accord. » Et voilà que, juste avant de lâcher la rampe, il m'avait embarqué dans un suspense à couper le souffle.

Pourquoi Adrien Berthier avait-il suffisamment haï Remiremont pour s'être félicité à l'ultime moment de ne jamais y avoir mis les pieds ?...

Histoire à verser dans le tiroir des énigmes inexpliquées, avec le Masque de fer, le fils de Louis XVI et autres points d'interrogation.

La grille grince.

Elle grince depuis plus de cinquante ans puisque mes parents se sont installés ici en 1927. Des individus normaux seraient intervenus, auraient mis de l'huile dans les gonds, resserré une vis, il y a toujours quelque chose à faire dans ces cas-là... Pas nous. Ma mère avait trouvé une justification à laisser les choses en l'état : si on avait oublié de fermer à clef et si quelqu'un entrait, on l'entendrait.

En fait, ça servait de sonnette d'alarme et de chien de garde. Et puis, je crois qu'elle aimait bien. Moi aussi, c'était un son familier et annonciateur du bon fonctionnement des planètes et de la régularité de leur rotation ; ce couinement rouillé était une sorte d'amicale pendule scandant les départs, les retours : départ à l'école, retour de l'école, les entrées, les sorties...

Mauricette a été assez longue à s'y faire. Elle prétendait que cette plainte ferraillante lui rappelait vaguement l'égorgement d'innocents porcelets. Elle aurait, enfant, assisté à l'exécution en série de ces rosâtres mammifères, mais depuis quelques années ces remarques ont disparu.

Avenue des Tilleuls.

C'est ma rue.

C'est celle-là même que j'ai prise en vélo, au très

petit matin, un jour de mes dix-sept ans en faisant croire à un rendez-vous.

Quel con.

Regretter sa jeunesse, c'est regretter sa connerie. Attitude hautement déraisonnable.

Mon Ami 6. Ma belle Ami 6. La voiture de mes rêves, somptueuse, féline, chromée, bleutée, délicate et puissante, femme plus que bagnole, soumise et rugissante. Je la hais.

J'ai horreur de cette charrette. Mes élèves m'appellent Zorro à cause d'elle. La forme à l'arrière dessine un Z, personne n'a jamais su pourquoi, et surtout pas Citroën. Sept ans que je la traîne. Chaque changement de vitesse est un combat, il faut lui arracher le moindre tour de roue, c'est la seule automobile que je connaisse qui roule avec condescendance. J'ai choisi celle-là parce que je la déteste encore plus que les autres.

Contact. Embrayage. Saint-Mandé, la Sorbonne. La scène représente un enseignant du supérieur roulant vers son lieu de travail où l'attendent des élèves assoiffés de savoir, impatients de l'entendre parler de Spinoza.

Lent virage passage des Moulins dans lequel, comme on le sait, il n'y en eut jamais ; et arrêt devant la librairie-marchand de journaux. J'y ai enfant acheté des rouleaux de réglisse, des plumes Sergent-Major, des illustrés, des rouleaux de réglisse, des gommes, de l'encre Waterman et des rouleaux de réglisse... Plus tard, lycéen, j'y ai commandé mes livres de classe, et fait l'acquisition de stylos-billes, de livres de poche, de feuilles de classeurs, et de rouleaux de réglisse... Plus tard, je m'y suis rendu pour l'achat de magazines, de journaux, de polars, de rouleaux de machine à écrire, de rames de papier et de rouleaux de réglisse, et actuellement j'y prends mon journal.

Je pourrais m'arrêter pour cela sur le boulevard Saint-Michel, au coin de la rue Saint-Jacques, n'importe où d'ailleurs, mais ce serait manquer à un rituel de belle taille.

Pendant un demi-siècle mon père, et j'ai pris la relève, s'est servi à la librairie-papeterie du passage des Moulins, librairie-papeterie tenue par les dames Martonneau. J'ai repris le flambeau. Je dis « les dames » bien qu'il n'y en eût jamais qu'une à la fois, mais il s'agit de la mère et de la fille. Elles se ressemblaient tellement que lorsque l'une a remplacé l'autre, personne ne s'est aperçu de la différence. Ce n'était pas une succession mais une substitution. Il doit exister encore, tapies au fond de l'une de ces villas hors du monde qui font le charme de Saint-Mandé, des créatures sans âge qui croient que la librairie des Moulins est toujours tenue depuis un demi-siècle par la même inamovible Martonneau.

La mère qui a lâché à soixante-dix ans en paraissait soixante et la fille qui en avait cinquante en faisait dix de plus, le compte y était donc... un vrai numéro de prestidigitation. Un beau matin, Martonneau s'est transformée en Martonneau.

Ding dong.

Quel poète chantera jamais le doux tintement annonciateur des boutiques anciennes ! Clochettes des hauts de porte effleurant à peine les silences préalables... Une onde sonore tamisée froisse, précautionneuse, les eaux stagnantes de ces lieux où flottent les sérénités... Une odeur frémit, un peu scolaire : papier neuf et crayons taillés... rouleaux de papier bleu avec lesquels maman recouvrait mes livres, étiquettes, amande amère des pots de colle, petits pinceaux, aquarelles, équerres et compas... Martonneau junior me tend *Combat*. Mon père l'achetait déjà. Je tends ma monnaie.

— Ça va ce matin, madame Martonneau ?

Elle opine. En plus de son physique, elle tient également de sa mère une réelle sévérité. Ce n'est pas ce que l'on peut appeler une rigolote.

— Je voudrais vous montrer quelque chose.

L'espoir jaillit en moi.

— Vous avez reçu les réglisses ?

Elle ne répond pas et disparaît derrière les tourniquets.

Le monde progresse, il se mécanise, s'automatise, mais cette marche en avant a un revers de médaille ; des choses disparaissent, embarquées dans la grande locomotive qui nous emporte vers l'avenir, nous semons sur le ballast des bagages jugés inutiles... parmi eux, se trouvent les rouleaux de réglisse. Extraordinairement difficile d'en trouver depuis quelques années. Les écoliers des années soixante-dix ignoreront toujours ce qu'était cette grande fête de salive, ce jus noir qui irradiait nos papilles... Une frénésie de sucre élastique, nos dents écrasant le caoutchouc savonneux.

Les établissements Martonneau étaient jusqu'à

aujourd'hui mon dernier fournisseur, et voilà qu'ils ont eux aussi des difficultés à s'approvisionner : la demande a faibli, paraît-il. Ces petits cons que nous nommons enfants sont davantage attirés par des mixtures-gadgets d'outre-Atlantique, style chewing-gum claqueur.

Retour de Martonneau II. Elle tient dans sa main un livre policier aux nocturnes couleurs. Sur la couverture, se dresse un homme à forte carrure. Le rebord de son feutre incliné est cassé à angle droit, il brandit une mitraillette à chargeur-camembert, et lâche une rafale qui, si elle ne dérange pas un pli de son costume rayé, pulvérise le pare-brise d'une Buick décapotable qui s'écrase contre un bec de gaz. Le tireur ne semble pas gêné par le fait qu'une blonde mousseuse aux jambes de cinéma s'accroche avec véhémence à sa cuisse gauche.

C'est incroyable ce qu'un simple rectangle de carton peut contenir de choses. Il faut ajouter que tout cela se passe la nuit, sous la pluie, dans le halo des phares. Enfin, pour parfaire le tout, le titre s'étale en lettres hautement vermillon sur la partie supérieure de l'ensemble : *Requiem pour un enfoiré.*

Ce n'est pas ce que l'on appelle de la sobriété, mais ça a le mérite de se voir de loin.

Il y a quelques années les Martonneau mère et fille possédaient dans leur réserve de vieilles Série Noire. Je leur avais acheté la plupart. Je fus à cette époque un grand amateur de polars. Je leur avais même fait une liste de titres et d'auteurs, j'en prenais de temps en temps, n'ayant jamais cessé complètement d'en lire. Comme tous les gens incapables de la moindre violence, j'ai toujours eu un faible pour les brutalités sanglantes que l'on trouve dans ces grands défouloirs que sont les romans noirs où, avec virtuosité et détachement, on occit ses semblables par des moyens divers.

— Spectaculaire, dis-je, vous l'avez lu ?

Grognement de la libraire-papetière. Ses yeux inquisitionnent, crochent dans les miens d'insistante façon.

Qu'est-ce qu'elle veut ? Qu'est-ce qu'elle a, ce matin ? Je sens qu'elle attend quelque chose de moi, et je n'arrive pas à savoir quoi.

— Regardez-le bien...

Je l'ai dans la main. J'examine. Elle me fixe toujours avec une intensité maniaque.

Le tireur a peut-être une vague ressemblance avec M. Gendebien, le patron du bar-tabac...

— Ça ne vous dit vraiment rien, monsieur Berthier ?

Elle va finir par me gronder... J'ai l'impression qu'elle pense que j'y mets de la mauvaise volonté, que je ne fais pas d'effort... elle m'emmerde à la fin avec son *Requiem*, je...

— Et l'auteur, il vous dit rien, l'auteur ?

C'est en haut, en lettres sombres, à moitié enseveli sous la nuit et la pluie, en tout petit, à peine lisible, mais enfin ça se déchiffre, et je déchiffre : Antoine Berthier.

— Ah, ah, dis-je.

— Tiens, tiens, fait-elle.

Antoine Berthier. Ce doit être un pseudonyme,

c'est plus que probable, personne ne peut écrire le *Requiem pour un enfoiré* sous son véritable nom.

— Ça a l'air fort intéressant, dis-je.

J'ai toujours eu avec les commerçants une attitude de vaincu. Devant eux, je me transforme en proie. Si une épicière me colle sur les bras dix kilos de melons, je parle de melons parce que je les hais, complètement pourris, dégoulinant comme de vieilles éponges, elle peut arriver en moins de dix mots à me persuader que je viens de faire l'affaire du siècle en les achetant. Car je les achèterai, et je vais même aller jusqu'à en manger, et qui, une fois de plus, aura de l'urticaire dans les minutes qui vont suivre ? Je vous laisse deviner. C'est un cas d'allergie fulgurante. Un dé à coudre de melon et, en vingt secondes, je me transforme en tranche de foie de veau. J'ai toujours l'espoir que les choses vont s'apaiser, mais à chaque fois je me trompe. C'est dire qu'il suffit que l'on me propose pour que je me sente dans l'obligation d'obtempérer. Je dois être trop poli ou j'ai peur de vexer en refusant, peut-être les deux ensemble, en tout cas c'est de là que vient le tapis de la salle à manger. Une belle dimension : un peu plus étroit qu'un terrain de football. Un pur produit Marrakech.

C'était dans les souks, j'ai cru avoir trouvé la parade en disant qu'il ne tiendrait pas dans l'avion de retour, le type s'est esclaffé : j'avais pas à m'en faire, il se chargeait de l'expédition. Il se chargeait de tout d'ailleurs, il avait en trente secondes étalé cinquante tapis, je nageais dedans, il me sucrait le thé à la menthe, me tendait la tasse, tournait la cuillère, me sortait le carnet de chèques, le stylo, tout juste s'il n'a pas signé à ma place...

Et deux mois après, pour une somme astronomique représentant plusieurs mois de salaire, qui est-ce qui recevait une demi-tonne de laine rectangulaire à dominante cramoisie, semée de motifs pistache ? Alors là, je peux le certifier, un tapis ne devrait jamais être sorti de son pays natal. Dans son lieu d'origine, au milieu de ses congénères, ça va encore, mais quand il se retrouve tout seul en présence d'un buffet Henri II, de six chaises à dossier droit dans un décor classe moyenne banlieusarde, il suffit de le regarder pour comprendre tout le drame de l'immigration. Je me souviens, lorsque je l'ai déroulé, avoir pensé que c'était bien que maman soit morte avant.

Mauricette, elle, ne déteste pas, et comme elle aime à le répéter : « Quand c'est acheté, c'est acheté. » Elle apporte parfois à cette affirmation une variante qui est : « Ce qui est fait est fait. » Elle ajoute même généralement : « Et n'est plus à faire. »

Donc le tapis est là.

Au cours des années, il a tenté de s'intégrer au monde occidental, c'est un beau cas de tentative d'assimilation, je le sens parfois plein de bonne volonté, mais à mon sens il n'y arrive pas, les différences culturelles et ethniques sont trop fortes. J'ai remarqué souvent que les invités évitent de marcher sur certains motifs, en particulier ceux qui ressemblent à des bananes stylisées ; ils ont à mon avis l'impression qu'un jus violent pourrait en sortir. En tout cas, je n'ai pas été volé sur la qualité. Certaines couleurs parfois se patinent, se fanent, tiédissent, donnant à l'ensemble une nuance ancienne... l'estompe du temps. Pas question avec celui-là, il est aussi reluisant qu'à son arrivée, les vermillons pètent comme au premier jour, et les citrons explosent... De la belle qualité, indestructible. On pourrait faire rouler des camions dessus, il ne broncherait pas d'une bouclette, parce que, c'est une omission, j'ai oublié de mentionner qu'il est bouclé, ce qui lui rajoute du volume. On ne marche pas trop dessus parce qu'on risque de disparaître, c'est un tapis-savane.

Donc, elle doit vouloir que je lui achète le bouquin, pas d'autre raison pour me le brandir ainsi sous le nez.

On ne va pas rester figés l'un en face de l'autre jusqu'à la prochaine glaciation.

— Vous ne voulez pas qu'on sache, hein ?

Elle m'adresse en cet instant un admirable regard de compréhension et de sympathie. La chose me touche d'autant plus que, mère ou fille, les femmes Martonneau n'ont jamais été des chaleureuses. Elles appartiendraient plutôt à cette race de commerçants que l'on a le plus souvent l'impression de tirer d'une occupation absolument épanouissante et qui consentent parcimonieusement à en soustraire quelques secondes précieuses à l'étude de votre cas.

— Qu'on sache quoi ?

Elle a un long sourire entendu. Marlene Dietrich fait ça dans un film, mais le physique est différent.

— Que vous l'avez écrit...

Je hausse légèrement les épaules, en désabusé un peu lassé par les soucis que cause la célébrité.

— Je ne préfère pas, en effet, dis-je.

— Pourquoi ?

Autre mouvement dubitatif.

— Vous savez, c'est de la littérature alimentaire... mes étudiants ne comprendraient pas, certains seraient choqués.

— Vous ne prenez pas un pseudonyme ?

— C'est compliqué... Je vous avoue ne pas y avoir pensé. Allez, bonne journée, madame Martonneau.

— Je vais le lire, dit-elle. Je ne lis pas les policiers, d'habitude, ça me rend triste, mais quand on connaît l'auteur, c'est pas pareil.

— D'accord. Allez, au revoir, madame Martonneau.

— C'est pas trop compliqué comme histoire ?

— Pas du tout, simple, allez au revoir, madame Mart...

— Y a pas trop de crimes dedans ?

— Juste un peu. Au revoir, mad...

— Parce que, si c'est trop sanglant, ça m'impressionne. Vous avez mis combien de temps pour l'écrire ?

— Trois mois, au rev...

— Je vous dirai quand j'aurai terminé.

— D'accord, au revoir, madame Martonneau.

Ding dong.

Trottoir.

Des lettres mastodontes envahissent le ciel...

Saint-Mandé et au-delà sont recouverts par un mot unique, géant, terrifiant :

POURQUOI ?

Le point d'interrogation doit tremper dans la Méditerranée tandis que le pied du P s'enracine dans les neigeuses forêts finnoises.

Qu'est-ce qui m'a pris ? Qu'est-ce que j'ai fait ? A quoi ai-je cédé ? Ce n'est quand même pas pour faire mon sucré avec cette vieille peau... Je l'ai toujours haïe, elle et son succube de mère... un pur produit de parthénogenèse, toujours à compter ses sous, pour le moindre rouleau de réglisse, monstresse tapie dans son antre de gommes et de crayons. Il n'y avait personne devant qui briller, qu'elle et moi, elle me tend ce bouquin lamentable avec ce titre à la con, et moi, qu'est-ce que je dis : oui, c'est moi qui l'ai fait. Mais qu'est-ce que j'ai dans la tête ? Dans le ventre ? Freud, à moi, vite, pitié, qu'est-ce qui m'a poussé, quel instinct, quelle pulsion, quel démon, quelle schizophrénie délirante... Un mur que je m'y frappe la tête, que je m'y assomme, que je m'y knockoute, que je m'y explose les hémisphères. Je suis un con, un gros con, un con minable, plastronnant devant Martonneau. Mais à quoi ça me sert ? Pourquoi est-ce que je fais ça ? Qu'est-ce que je recherche ? Je suis un fou, encamisolez-moi, parce que c'est grave, c'est un symptôme, on commence par raconter qu'on a écrit *Requiem pour un enfoiré* et on finit par violenter des mineures.

Je ne me suis même pas aperçu que j'étais sur le pont d'Austerlitz, clignotant à droite : les quais d'un côté, les grilles du jardin de l'autre... ça a l'air de bouchonner au carrefour Saint-Germain, j'y ai flirté, tiens, par là, il y a vingt ans, plus... Comment s'appelait-elle ? Madeleine ? C'était un temps où toutes les filles s'appelaient Madeleine. On se passait des mains derrière la fosse aux ours. Enfin je lui passais des mains, les siennes faisant barrage. Un barrage mou. Je revois bien l'ours. En fait, c'est lui qui me reste surtout. Une grosse peluche vivante, tout usée, mécaniquement dandinante. Je le reconnaîtrais plus facilement qu'elle. Il y avait également un chameau au Jardin des Plantes, les gosses montaient dessus. Un ours, un chameau, et un phoque aussi, un mastard dans un bassin rikiki. C'était bourré d'animaux à l'époque, ce coin-là, mais de très vieux, plissés, lamentables cuirs et graisses pendouillantes. Ils dégageaient tous une odeur d'autre monde : montagnes Rocheuses, dunes sahariennes, banquises groenlandaises. Ils avaient tous les trois l'air estomaqué de se retrouver là, à Paris, avec les gosses à petits seaux et les grand-mères à tricots... Trois piégés, trois destins... ils s'y étaient fait d'ailleurs, c'étaient des chanceux, d'une certaine façon, des élus tirés de l'anonymat des longues et sableuses caravanes, de l'incognito des forêts du Nouveau Monde et des glaces sempiternelles, et là, ils étaient des stars, admirées, vieillissantes mais célèbres, créatures décaties, les fastes hollywoodiens mouraient... des sortes de Greta Garbo.

Je trouve toujours à me garer devant le square Painlevé, du côté de la louve romaine, à l'opposé de

Montaigne. Dans les alentours de 68, je ne sais pas quel révolutionnaire de choc lui recouvrait chaque matin les lèvres de fard rouge. Cela a duré longtemps. Une belle couche cramoisie, étalée avec application. Retombées cosmétiques des mouvements politico-sociaux. C'est en tout cas mon souvenir le plus précis concernant cette époque troublée : Michel de Montaigne en bouche fraise.

Requiem pour un enfoiré.

N'y pas penser. Les étudiants qui, tout à l'heure, prendront frénétiquement des notes pendant mon cours sur Spinoza seront loin de s'imaginer que l'homme qu'ils ont devant eux est celui-là même qui prétend écrire, sous jaquette tonitruante, des romans de gares. De quoi en laisser plus d'un stupéfait.

Hall de la Sorbonne. Marbres et boiseries. Tous ceux qui entrent ici ont la scoliose et sont myopes. Gens de livres et de savoir. Ce ne sont pas eux qui tireraient à la mitraillette avec des pin-up cramponnées à leurs genoux. Pas comme moi.

Surtout penser aux fleurs.

Les fleurs sont des choses odorantes dont la fonction sert à éviter les drames.

— Tu n'as pas pensé à notre anniversaire ?

— Si. En voici la preuve.

Présentation du bouquet : engueulade évitée. On aura eu chaud.

Cours brillant. Le même que l'année dernière, avec de légères distorsions. Un peu comme un identique objet vu une fois par un myope, l'autre fois par un presbyte. Je garde l'hypermétrope pour plus tard. Je leur fournirai du Spinoza jusqu'à la fin de leurs jours. Ils en mourront, gavés. La filiforme du premier rang a usé trois stylos. Elle note tout, sans distinction ; si je dis : « Spinoza représente un cas exceptionnel de rationalisme absolu merde alors comme son siècle n'en a pas connu », elle écrira : « Spinoza représente un cas exceptionnel de rationalisme absolu merde alors comme son siècle n'en a pas connu », et si le jour de l'examen, je lui pose la question, elle est foutue de me la réciter comme elle l'a écrite.

Mes cours les plus brillants sont ceux qui ont lieu dans l'amphithéâtre Liard. J'ignore pourquoi. A mon avis, c'est la fresque : « L'Antiquité se dévoilant à l'Architecture. » On voit une costaude en péplum romain sortant d'un enchevêtrement de colonnes brisées — c'est l'Antiquité — au grand ébahissement de manœuvres poussiéreux maniant pelles et pioches. Un peu à l'écart et assistant à l'événement, une sorte de Tartarin maigre en costume d'explorateur — ce doit être l'Architecte — la regarde, extasié, et peut-être un tantinet lubrique. L'Antiquité a le visage sévère qui sied aux personnes symboliques. Elle a dans la rigidité de la lèvre quelque chose qui l'apparente à Mesdames Martonneau.

Donc je suis dessous, sur l'estrade, et j'initie une flopée d'étudiants en philo aux beautés du raisonnement spinoziste. C'est tout ce que j'ai trouvé pour gagner ma vie. Je me suis demandé quelquefois si je n'avais pas choisi ce métier par goût de ces lieux anciens, bruissants et studieux. Odeur de vieux rideaux, silences entrecoupés du froissement des pages. Si l'on prête l'oreille, on sent le grésillement du savoir : les cervelles s'ouvrent, s'emplissent. Dehors, c'est la rue, le boulevard, la vie : elle n'a rien à faire ici, voilà bien longtemps qu'on l'en a chassée.

En fait, la Sorbonne est pour moi une gigantesque pantoufle. Je m'y glisse et je ronronne, vieux chat lové, jouant indolemment avec Spinoza, ma pelote de laine, je m'en entortille et m'en pourlèche... Derrière ces murs épais, commencent les brutalités... j'en suis protégé par quatre siècles de culture. Rien ne tient plus chaud.

Entre le cocon Saint-Mandé et cette forteresse, nul ne peut prétendre que je vive dangereusement. Mon intérêt pour Spinoza vient d'ailleurs essentiellement du fait que j'ai toujours senti en lui cette terreur de l'extérieur qui est la mienne. Philosophe de soupente, Spinoza, il devait écrire en mitaines sous un plafond bas, à la lampe chiche : il a même décidé un jour de ne plus publier, jamais, parce qu'après les gens vous lisent, vous écrivent, viennent vous voir, il faut parler, sortir, et un jour ou l'autre ils finissent par vous brûler vif en place publique, quand ils n'ont pas pris soin de vous écorcher avant, avec la roue, l'estrapade, le pal, l'écartèlement, les brodequins, et j'en passe. Donc, méfiance.

Alors, pour compenser la moelleuse réclusion que je me suis toujours garantie, j'ai lu des policiers, des américains surtout, et je crois que c'est ce que j'aurais aimé faire... Une Lucky Strike en permanence collée au coin de la lèvre, le feutre cassé, le flingue, le whisky, toute la panoplie, la machine à écrire, et en avant pour le *Requiem pour un enfoiré*. J'aurais eu New York derrière, le grand bordel des gratte-ciel, Brooklyn, Bronx, Harlem, Little Italy, tout grouillant de salopards, de flics énormes, de taxis jaunes, de Chinois à nattes et brownings... Autre chose que l'Antiquité dénudée apparaissant à Savorgnan de Brazza appuyé sur sa brouette. Et le résultat, c'est que j'ai craqué tout à l'heure, parce qu'elle réalisait mon rêve, la vieille peau, sans le savoir, évidemment... Parce qu'en fait j'en ai écrit des livres, je ne l'ai pas attendue, j'en ai pondu deux, et pas des moindres, le dernier de trois cent cinquante pages : *Les Modes finis de la pensée et de l'étendue chez Spinoza*. Le vrai best-seller. J'ai même fait une signature. Encore un grand moment de vie brute.

Voilà mon petit salé aux lentilles.

A peine dix ans que je déjeune dans cette brasserie de la rue des Écoles, et je ne me souviens pas d'y avoir mangé autre chose. Il serait imprudent d'en conclure que j'adore ça ou qu'ils le cuisinent particulièrement bien. C'est tout simplement que j'ai la flemme de commander autre chose.

Revenons à mon livre.

Donc je publie cet ouvrage, et quatre jours après je rencontre Pouine.

J'ai connu Pouine pendant les classes. Nous avons deux mois durant partagé la même chambrée, et les mêmes dimanches indolents dans les rues rectilignes de Mourmelon, bourgade crayeuse à l'odeur de chaussette.

Alignée de bistrots identiques peuplés de troufions désolés... A l'horizon plan et disgracieux, le souvenir de grandes guerres, grandes tueries, grandes manœuvres. Ici s'étend la Champagne pouilleuse, et ses paysages lamentables sont pour moi inséparables de la silhouette cabossée de Pouine.

Il avait une particularité : il ne ressemblait à rien. C'était à sa manière un cas assez unique, et il faut bien le dire, désespérant : je ne suis pas encore persuadé aujourd'hui qu'il ait une colonne vertébrale. Il m'a toujours paru affligé de pseudopodes caoutchouteux et versatiles, l'essentiel de son activité paraissant être, par un système complexe de reptations et louvoiements, de sortir de son propre et improbable squelette. En fait, il fuyait la structure définitive que confère aux humains leur charpente osseuse. Un jeu de moues, grimaces et trismus faciaux remodelait sans cesse son visage, de sorte qu'il était extrêmement difficile de le reconnaître d'une seconde à l'autre. Comme, ce jour-là, il y avait une bonne dizaine d'années que je ne l'avais pas vu, on ne s'étonnera pas que je sois passé à côté de lui sans m'en rendre compte ; ce qui nous a valu d'échanger ce dialogue percutant :

— Berthier !

— Oui ?

— Tu me reconnais pas ?

— J'avoue que...

— Pouine !

— Pouine ?

— Pouine !

— Comment tu vas, Pouine ?

— Et toi, Berthier ?

Etc., etc. Et de fil en aiguille il m'a expliqué qu'il était devenu libraire, tandis que je lui racontais comment j'avais abouti prof.

C'est à ce moment-là que, poussé par mes démons habituels, je lui ai annoncé la parution toute récente de mon bouquin.

— T'as écrit un bouquin ?

— Sur Spinoza. En fait, c'est pour les spécialistes...

Pouine rachète son physique indécis par une rigidité de caractère peu commune, étayée par une série de principes intangibles dont le premier s'exprime ainsi : « Tout se vend, il suffit de le vouloir. »

J'ai tenté d'atténuer la force de cette affirmation par quelques nuances, mais un second axiome me fut assené : « On peut vendre n'importe quoi, n'importe où, n'importe quand et à n'importe qui. » Cela m'a profondément rassuré car cette dernière remarque m'a paru correspondre parfaitement à mon cas, j'en étais, si je l'en croyais, une application exacte. Je pourrais donc refiler du Spinoza (représentant ici le « n'importe quoi »), aux braves ménagères (n'importe qui) venant chercher *Télé 7 jours,* en sa boutique de l'avenue de Laumière, XIXe arrondissement (n'importe où), et cela samedi à partir de quatorze heures (n'importe quand). Avec ce bel optimisme qui caractérise les hommes forts, il m'a expliqué que la présence d'un auteur dans une librairie était un catalyseur chimique, un aimant puissant attirant à lui les limailles voisines. Ce serait un succès, inévitablement.

Il m'ébranla.

Je dois l'avouer, je fus ébranlé. Je ne connais personne susceptible de résister à l'idée de vendre sa chère production à son vénéré public, et le samedi prévu j'étais à pied d'œuvre.

Lorsque j'arrivai, la librairie n'était pas encore ouverte, et il me fit entrer par la cour. Il avait bien fait les choses : une table supportant une bonne trentaine de mes volumes était placée de telle façon que tout client ouvrant la porte se trouvait face à elle, c'est-à-dire face à moi car il m'avait juché sur un fauteuil, lui-même installé sur une estrade dominante. Je me situais également en dessous d'une pancarte retenue au plafond par un jeu complexe de ficelles, pancarte sur laquelle on pouvait lire : « Antoine Berthier signe ici son dernier livre. » L'adverbe *ici* était, pour qu'il n'y ait pas de confusion, souligné d'une flèche verticale et impérative dont la pointe désignait avec détermination le haut de mon occiput. C'était ici que ça se passait, et ça ne pouvait pas être ailleurs.

Dire que ce local était une librairie était un peu exagéré. Il s'agissait en fait d'un placard, tiroir vertical sur la partie droite duquel s'empilaient des bocaux de bonbons coagulés. A gauche, on pouvait voir enveloppes, rames de papier, magazines colorés et, en effet, une étagère de livres d'occasion dont la série complète des Valentine. Valentine au

Nicaragua, Valentine et le docteur Tuborg, Valentine perd la tête, Valentine cherche un trésor, Valentine et le Tulipot.

Je me souviens d'avoir résisté à l'envie de demander à mon ami Pouine ce qu'était un Tulipot. Je l'ignore encore aujourd'hui et c'est l'un de ces regrets que l'on emporte avec soi dans la tombe.

Fin du petit salé. J'hésite entre la crème caramel et un chèvre odorant. Irai-je jusqu'aux deux ? Oserai-je ? J'ose.

Il fait beau, après tout, et cette fête hivernale m'incite à la débauche ; fin des marronniers dans le square, derniers ors et premiers froids... Pendant des mois nos corps vont disparaître, j'aime le temps des lainages. Ciel étamé sur le Saint-Michel. Tout cela sent bon la mort des jardins. En hiver, Saint-Mandé s'engonce, c'est ainsi que je le préfère... la banlieue se savoure glacée.

Donc, trente bouquins sur la table. Je les montre à Pouine.

— Tu crois qu'on va vendre tout ça ?

Il a le ricanement des grands connaisseurs et désigne le coin droit de la boutique.

— Regarde.

Je regarde et vois deux caisses empilées. Deux caisses pleines à ras bord des *Modes finis de la pensée et de l'étendue chez vous savez qui.*

— Tu ne crois pas avoir vu un peu large ?

Rire. Rire de gorge des grands sûrs d'eux-mêmes.

— Tu vas voir...

Il me sent inquiet et, pour dissiper l'angoisse, il

m'explique la psychologie du lecteur de base : individu incapable de résister à la tentation de voir écrit son nom, son propre nom, son identité, c'est-à-dire lui-même, de la main de cet être mythique, invisible, inaccessible ou tout au moins lointain qu'est l'auteur. L'auteur, quel qu'il soit.

Et la boutique s'ouvrit.

Je la vis de l'autre côté de la rue. Une femme, de celle que l'on dit mûre ; je revois un front large, une narine trépidante, un physique de lectrice. Elle m'avait vu.

Il faut dire qu'avec la disposition de Pouine, j'étais pratiquement en vitrine. Impossible de me manquer. Elle avait lu la pancarte, vu la flèche, moi dessous. Ça y était.

Deux voitures se croisent. Elle n'attend pas le feu rouge, elle traverse. Je porte la main à la poche intérieure de mon veston et dégaine mon stylo. Je peux encore aujourd'hui ressentir ce que j'éprouve en cet instant. Cela tient en un mot, un seul : jubilation.

Étrange. Même s'ils n'ont pas été foule, j'ai connu des quarts d'heure jouissifs : voir son nom sur la liste des reçus à un examen, ma première Vespa, le jour de la quille, etc., etc. Eh bien, je pense que nul n'a atteint peut-être celui-là en intensité. Merci, Spinoza. Allez savoir ce que l'on met de soi dans un livre... peut-être énormément, peut-être tout. En tout cas, le déferlement radieux qui me submerge est sans équivalent, je me gonfle, je me répands, j'emplis la boutique, je déborde sur le trottoir, j'envahis l'avenue, je recouvre Paris, le monde, j'inonde la planète... Elle entre, elle est là, j'ai le derrière qui se décolle du siège, je puis être déférent jusqu'à l'obséquiosité. Parce que je n'ai pratiquement aucune expérience en la matière, j'ai en fait signé dans ma vie un seul livre en dehors du service de presse, c'était à un étudiant, il devait vouloir se faire bien voir. Il s'appelait Guérin. C'est dire s'il y en a eu peu : lorsqu'on en est à se souvenir du nom des personnes qui vous ont demandé un autographe, on peut sans risque d'erreur s'exclure aussitôt de la liste des best-sellers. Je me souviens parfaitement de lui. Guérin. Comme mon père. Mon père ne s'appelait pas Guérin puisqu'il s'appelait Berthier, mais on l'appelait Guérin. Il y avait à cela une raison : il était copain inséparable d'un type nommé Calmette. Calmette et Guérin ; c'était un temps où l'on avait du respect pour les vaccins. Où est-ce que j'en suis... Oui, donc elle fonce sur moi, je m'incline vers elle, les fesses à dix centimètres du siège, mollets crispés, stylo offert, je souris, elle sourit et demande, mélodieuse :

— Excusez-moi, mais avez-vous des taille-crayons en forme de locomotive ?

— Nous n'allons pas tarder à en recevoir, dis-je.

C'est la formule préférée des Martonneau mère ou fille : jamais de refus, toujours une espérance.

— Avez-vous un diplodocus vivant d'environ trois tonnes, de couleur bleu clair avec des pois rouges ?

— Nous n'allons pas tarder à en recevoir.

La dame me remercie et repart. Elle ne s'est

même pas aperçue que j'émergeais de derrière une pile de livres.

— Elle a dû te prendre pour un vendeur, remarque Pouine.

— Je le suppose, dis-je.

Il toussote et le silence tombe.

L'avenue est déserte. Rien n'est plus désert que cette avenue. Les humains fuient, l'après-midi, l'avenue de Laumière. Bon à savoir mais trop tard.

— Il y a toujours aussi peu de monde ?

Pouine suce sa moustache. Le bruit humide et soyeux qui résulte de cette opération a quelque chose de nocturne et de batracien, glissement de ventre mou sur herbe spongieuse. Devant moi, le trottoir vide monde jusqu'aux Buttes-Chaumont. Un chien dans un caniveau, immobile et désolé.

— C'est surtout à partir de seize heures que ça s'anime.

— Ah.

Coup d'œil en biais sur ma montre. Il est 14 h 10. A mon avis, ça va être long et moins triomphant que prévu.

A 15 h 48, arrivée d'une fillette à nattes roulées. Elle demande pour deux francs de Carambar. Pouine la sert, toussote et entame d'une voix mielleuse :

— Tu sais que c'est la fête des Pères bientôt ?

— Non.

— Eh bien, si. Tu vas donc faire un cadeau à ton papa.

Je commence à me recroqueviller sur ma

chaise. Je le vois venir, c'est un type odieux, capable de vendre sa propre mère.

— Pourquoi ?

Idiote, en plus.

— Parce qu'on fait un cadeau à son papa pour la fête des Pères.

— J'en ai fait un à maman.

— Oui, mais c'était pour la fête des Mères, il y a les pères aussi, il ne faut pas les oublier, car ils ne seraient pas contents, et tu sais ce qui lui ferait plaisir à ton papa ?

Être ailleurs, surtout ne pas entendre ce qui va suivre.

— Non.

— Un livre. Un livre lui ferait très plaisir.

— Il lit jamais.

Suçotis mouillé de moustache. Ce crétin a apporté quarante kilos de livres pour tenter d'en fourguer un à une gamine de dix ans. « On peut tout vendre », même Spinoza à la fille d'un arriéré mental, j'aurais dû me douter du piège car Pouine est un abruti complet, je m'en souviens bien maintenant, il n'avait même pas pu passer première classe en revenant de Mourmelon.

— Ton papa n'aime peut-être pas lire, mais il aimerait beaucoup avoir le beau livre de ce monsieur qui l'a écrit et qui pourrait lui mettre une belle phrase sur la première page...

La gosse me regarde comme si j'avais des tentacules sous la cravate.

— Tu n'aimerais pas faire plaisir à ton papa ?

Odieux, une tête de satyre à la porte de l'école. Il louche également sur le porte-monnaie.

— Il n'est pas gentil avec toi, ton papa ?

Je m'insurge. Tardivement, mais je m'insurge.

— Fiche-lui la paix avec son papa...

La gosse sort. Ses couettes circulaires forment sur ses oreilles des écouteurs géants dont elle semble ouïr la silencieuse musique.

Pouine se pince :

— Si tu m'empêches de faire mon travail...

Il a pris l'air du spécialiste, du chirurgien compétent qui a demandé un délicat bistouri et à qui l'on tend une scie à métaux.

Un petit quart d'heure avant la fermeture, arrivée de M. Bison, ex-conducteur d'autobus et autodidacte. C'est un client fidèle et régulier. C'est même, je le suppose, le Client. Pouine s'est élancé comme à cap Canaveral. Bison l'écarte d'une pichenette condescendante et pose une patte sur un des volumes qu'il soulève et déchiffre.

— Ah ah, dit-il.

Se méfier des gens qui profèrent de tels sons. Bison soupèse, retourne, repose, reprend. Il a l'air d'en estimer le poids, la densité. Il hoche la tête et me fixe avec soupçon.

— Spinoza, hein ?

Je branle du chef. Spinoza, en effet. Il serait malvenu de ma part de prétendre le contraire.

Pouine se frotte les mains. Il a l'air d'un usurier juif dans un film antisémite des années quarante, prêt à quadrupler son taux d'intérêt.

— Et c'est vous qui l'avez écrit ?

Je rebranle. Il y a dans la question une note filée en suspension qui transforme le sens des mots. En fait, la traduction serait : « Vous êtes bien sûr d'être capable d'aligner trois phrases devant vous, et en plus, vous êtes vraiment persuadé que ça intéresse les gens, votre histoire sur Spinoza ? »

Je le regarde et me mets à le haïr. Ce type me juge. Il se permet. Avec sa coiffure en brosse et sa tête d'asperge. De poireau, plus exactement. C'est rare d'avoir une tête de poireau, eh bien Bison en a une.

— Et pourquoi Spinoza ?

C'est la meilleure. Pourquoi Spinoza ? Il me demande à moi... Je vois très bien Bison devant Victor Hugo.

— Et pourquoi Notre-Dame de Paris ?

On pourrait jouer à ça durant des heures.

— Et pourquoi le père Goriot ?

— Oh, eh bien j'avais envie d'écrire l'histoire d'un type qui...

— Et vous vous appelez vraiment Balzac, ou c'est un pseudo ?

— Non non, c'est bien mon nom...

— Et vous, là, ça a l'air de se passer en Russie, votre affaire.

— Oui, c'est un récit qui...

— Et pourquoi Karénine ? C'est un drôle de nom, ça, Karénine, surtout pour une femme...

Il faut fusiller Bison, tous les Bison.

— Eh bien, je suis chargé de cours sur Spinoza et le personnage m'a intéressé, car il représente en fait dans l'histoire des idées non pas un tournant mais une accentuation sereine et puissante à la fois, et...

Je suis parti. Pouine suçote et le poireau s'est tu. Il manipule toujours le bouquin et me coupe en pleine période.

— Et ça va sortir en poche ?

Et avare en plus.

Bison tourne vers Pouine sa tête d'autobus. Voilà, c'est ça, il ressemble à un poireau mixé avec un autobus.

— Parce que moi j'achète les bouquins qu'en poche parce que je vois pas pourquoi je les paierais plus cher alors que je peux les avoir meilleur marché.

Pouine arrive cette fois à s'extraire pratiquement de sa propre enveloppe charnelle et ondule en gastéropode le long du mur.

— Certes, monsieur Bison, certes, vous avez cent mille fois raison, mais avouez que le cas est particulier, puisque aujourd'hui vous pouvez avoir quelques lignes de la main de l'auteur.

Regard de Bison sur moi. Que voit-il ? Il doit supputer. Ces quelques lignes de ma main offrent-elles une valeur marchande suffisante pour investir dans un livre qui ne soit pas de poche ?

— Non, dit-il, finalement je vais vous prendre *Télé 7 jours.*

La chose peut sembler à peine croyable, mais j'en ai ce jour-là vendu un. Juste avant de partir.

— Je vais t'en prendre un, a dit Pouine, j'ai un beau-frère chez qui nous allons en vacances tous les étés, et je ne sais jamais quoi lui offrir. Tu mets simplement : « A Fernand, de la part de Pouipouine. » C'est comme ça qu'il m'appelle : Pouipouine.

J'ai scrupuleusement obéi. Je n'ai jamais su si Fernand avait lu Spinoza, personnellement je n'ai jamais revu Pouipouine.

Cigarette. Je m'en octroie une après le repas. Avec le café. Une histoire de mélange de fumées. Celle qui monte de la tasse, celle que je souffle, leurs effilochures se mêlent et s'affrontent. J'ai appris à aimer. Je suis pour la Gitane. Les Berthier sont Gitanes de père en fils : phrase curieuse si on la sort de son contexte.

Deux heures de travaux pratiques dans l'après-midi. Ce sera vite passé et, en plus, je ne déteste pas. Si je me sentais courageux, je monterais au Luxembourg, un petit arrêt au soleil côté fontaine de Médicis, le temps d'une deuxième Gitane interdite. Une belle dilatation des alvéoles... J'aime ce coin-là, une faiblesse pour l'alliance de la statuaire et de la grotte. Sculpture et nature, marbre poli et roche brute. Des corps lisses à en être liquides s'enfouissent, immaculés, dans la sauvagerie d'un antre crispé. C'est un coin de mousses et d'étudiantes vieillies. J'y ai autrefois donné des rendez-vous à Mauricette au temps de la grammaire ancienne. Elle m'y a, sur des chaises pliantes, entretenu de la métonymie et de la synapse. On a l'érotisme que l'on mérite.

Qu'est-ce qui m'a pris, ce matin ? Pourquoi n'ai-je jamais pu avoir un comportement responsable ?

— C'est vous qui avez fait ça, monsieur Berthier ?

— Bien sûr, c'est moi.

— Et vous l'avez terminée à la hache ou au marteau de forgeron ?

— Avec les deux, monsieur le commissaire.

— Merci, très bien, bravo pour votre coopération.

— Je vous en prie, tout le plaisir était pour moi...

Ce n'est pas vrai, je ne l'aurais même pas effleurée avec un plumeau, mais ça fait tellement plaisir à monsieur le commissaire. Et puis, trente ans de travaux forcés, c'est si vite passé...

Enfin, rien de trop grave : dans un fin fond de banlieue parisienne, une papetière mafflue pense que j'écrie des romans policiers. Bon. Et alors ? Que pourrait-il en résulter ? Apparemment, pas la fin du monde. Voilà un mensonge qui ne va tout de même pas grever l'avenir. Quelle importance ? Eh bien, on peut dire, très exactement, aucune. Vraiment aucune. Pourquoi est-ce que je me préoccupe de cette question ? A se demander pourquoi je ne l'ai pas déjà oubliée.

Allez, un petit tour Boul-Mich, c'est bon pour la santé.

J'ai aimé ce coin. Tout y a l'air moins agressif qu'ailleurs... jusqu'aux platanes qui font plus démunis. Je m'arrête toujours chez le marchand de pipes. Vieille maison. Curieux qu'il y a un peu moins d'un siècle un type soit venu s'installer là pour vendre des pipes. Ce devait être alors un élément essentiel dans la panoplie de l'étudiant, lavallière, béret et bouffarde. Les modes ont changé mais la boutique est restée. Fourneaux de bruyère, Bakélite, ivoires sculptés, on y vend aussi des briquets, des tabacs lointains. J'y ai, pour fêter ma licence, fait l'emplette d'un Flaminaire en forme de galet de plage qui glissait dans la main comme une savonnette. Il glissait d'ailleurs tellement que je l'ai perdu.

Il y a un cinéma dans lequel je ne suis jamais entré. Je fus pourtant un spectateur assidu des salles du quartier, au Champo surtout, au Cluny aussi, mais celui-là m'a échappé. Cet après-midi, on y joue un film hongrois. D'après les photos, dans le hall, ça me paraît un univers brumeux, gris et même rabougri, ou alors c'est l'opérateur qui a décidé de tourner flou ou l'objectif de la caméra qui n'a pas été nettoyé. Tous les gens qui figurent sur les clichés ont l'air navré, lourdement. Ils ont des bottes en caoutchouc et semblent s'enfoncer en permanence dans les betteraves dont les champs glaiseux bouchent les horizons. Je me souviens que cette salle est spécialisée dans ce genre de production. Si vous voulez avoir un aperçu de la joie de vivre chez les Roumains ou savoir comment on laboure en Bosnie-Herzégovine, ne cherchez pas plus loin, c'est ici qu'il faut venir. La salle programme aussi des festivals : courts métrages togolais, inédits de Robert Bresson, une spécialisation sans ambages dans l'emmerdatoire. Il y a des amateurs.

En descendant encore se trouvent les librairies,

soldes et occasions en tous genres ; des générations lycéennes y ont vendu et acheté leurs...

Il est là.

Juste devant. Rutilant.

Requiem pour un enfoiré.

On doit le voir du sommet du Panthéon à la dernière gargouille de Notre-Dame. Il y en a une pile entre les James Hadley Chase et le dernier Simenon. Déplacement latéral des globes oculaires : pas d'étudiants en vue. Je rentre.

Non pas que je n'aie pas le droit d'acheter un polar si ça me fait plaisir, mais je les connais : « Eh, les mecs, j'ai vu Berthier qui achetait *Requiem pour un enfoiré !* »

Grands esclaffements et concert de voix diverses.

— Tu déconnes ?

— Pas du tout, je l'ai vu, de mes yeux.

— Le bouquin avec une pépée sur la couverture ?

— Exactement.

— Mais je croyais qu'il n'aimait que Spinoza...

— C'est un vicieux, il cachait son jeu.

— Salaud, Berthier. A mort !

— Oui, à mort ! Il nous casse les couilles avec la philo et il se régale avec des horreurs. Pendons-le !

— Oui, pendons-le, sus à Berthier ! Fumier de Berthier.

Je sors mon billet de cinq francs et repars avec le bouquin. J'ai l'impression d'émerger, ivre mort, d'un bar louche, avec une prostituée à chaque bras.

Pas le temps de le feuilleter. Je remets ça pour après le cours ; avant de rentrer à la maison, je passerai une demi-heure dans le Luxembourg, bien planqué entre un marronnier et Isabeau de Bavière, je dois pouvoir passer inaperçu, les pieds enfouis dans l'or des feuilles mortes, les nuages reflétés dans la conque du bassin où s'inverse le Sénat.

« Pose ta chique, Santorelli, ou tu iras décoller ta tripaille du béton.

Santorelli posa son 11 mm sur le sol du hangar et respira lentement. Les phares des quatre voitures l'illuminaient comme une vitrine de nouvel an. Il savait que les six frères Mangiapane dont le plus svelte dépassait les cent trente kilos n'avaient jamais plaisanté de leur vie. Quant au moins adroit, il pouvait couper une aile de mouche en plein vol avec un bazooka sans ouvrir les yeux.

Gaffe à toi, Santorelli, pensa-t-il. C'est mal parti. »

Fin du chapitre 2.

Ce Berthier a du style. Il s'essouffle vite mais il accroche. En tout cas, son Santorelli n'a pas la vie facile. Dès la deuxième page, il est balancé dans le vide à l'intérieur d'un coffre-fort du haut du Chrysler Building. Heureusement qu'il découvre la combinaison entre le 45e et le rez-de-chaussée. Bon Dieu, déjà presque sept heures, Mauricette doit se demander... Qu'est-ce qu'il fait beau ! Soirée d'été indien dans jardin de décembre roux. Il y a de bons passages. Surtout l'arrivée de Samantha Bloomingdale :

« Quand il la vit marcher pour la première fois, elle évoquait tellement la houle du Pacifique qu'il remonta le col de son imperméable pour se protéger des embruns.

Elle lui sourit et tous les glaçons du bar fondirent dans les verres.

— Hello, dit-il, pourquoi deux ballons de football en permanence sous le pull-over ?

— Ça vous déplaît, beau gosse ? feula-t-elle.

Sa voix tenait le milieu entre le violoncelle et la panthère des neiges.

— Au contraire, dit-il, quand j'étais môme je jouais avant-centre.

Elle eut un rire de perles fines. Tous les boutons de bretelles autour d'elle lâchèrent en même temps, et Santorelli comprit que commençait une grande histoire d'amour. »

Qui peut être ce Berthier ? Mon inverse, sans doute, joyeux drille, débraillé, le mot pour rire, des femmes sur tous les genoux, un gaillard débridé à trépidante vie. En dernière page, sa bibliographie est éloquente ; parmi ses œuvres les plus récentes, on peut citer : *Le Chant du 6.35, Pas de cadeau pour les nervis, Santorelli mate le maton, Te Deum pour la flicaille, Santorelli joue et gagne, Quand passent les six cognes, Pas de pot, Santorelli,* etc.

On ne peut pas dire que nous œuvrons sur la même longueur d'onde, mais d'une certaine façon ce Berthier est mon frère. Nous sommes l'un et l'autre des hommes d'écriture, même si Spinoza et Santorelli se trouvent chacun à une extrémité opposée du spectre de la pensée humaine... Je longe les grilles. Un temps à s'installer en terrasse et à regarder pousser les abricots du crépuscule. Au lieu de cela, puisque nous sommes vendredi, ce sera limande-sole et hachis Parmentier. Hachis Parmentier pour finir la purée d'hier sous une forme détournée, et limande-sole parce que c'est moins cher que la sole, mais supérieur à la limande, ce qui prouve bien que nous appartenons à une classe moyenne.

Voiture. Dire que le moteur vrombit sous le capot serait excessif, mais enfin voici déjà les ponts de Seine. Et Jésus dit « Passons sur l'autre rive », Bercy et ses rues vineuses. Derrière les grilles, dans les hautes cuves, mijote le vin des pauvres gens. Onze degrés à la tireuse. Je me souviens d'étiquettes : Vin des Rochers, du Postillon, Velours de l'estomac, j'en buvais un peu noyé d'eau tandis que Santorelli descendait des whiskies de marque dans des palaces louches. Que penserait-il de Spinoza ?

— Vous connaissez Spinoza, monsieur Santorelli ?

La fumée de sa Lucky s'écrase sous le rebord du feutre et masque ses yeux d'ombre.

— Très bien. Il a pris quinze ans à Alcatraz en 56. Un des grands d'une famille de Palerme. Spécialisé dans les machines à sous et la cigarette de contrebande.

Saint-Mandé. La vie s'arrête. Grincement traditionnel de la grille. Lorsque je l'aurai refermée, rien n'arrivera plus. Après le dîner, je m'enfermerai dans mon bureau et terminerai à la lampe le *Requiem*. Une soirée comme cent milliards d'autres.

— Bonne journée ?

— Excellente.

Les joues de Mauricette sentent le savon. Toujours le même. Santorelli ne fréquente que des femmes aux parfums changeants. Verveines épicées des nuits de stupre, musc capiteux des rencontres souterraines, mystère des fragrances d'un rendez-vous espion. Ici, c'est le savon.

— Qu'est-ce que tu as fait de beau ?

— Rien de spécial.

Si elle avait fait quelque chose de spécial, ça se saurait. Je rentre à l'improviste, soupirs dans le couloir, cris érotiques. Je pousse la porte. Le facteur la besogne. Il me voit dans le miroir, ses yeux s'affolent.

— Ne tirez pas, Santorelli, rangez cette arme.

Qu'est-ce qu'il croit, ce merdeux, que je vais m'excuser pour le dérangement, et leur apporter de la tisane ? J'arme le flingue.

— Vous m'avez doublé, les marioles. La fête est finie, on éteint les loupiotes et on tire les rideaux. Vous avez dix secondes.

— Je ne suis pas facteur, dit le facteur, c'est Spinoza qui m'envoie.

Je ricane. Ruse grossière. Il tente de sauver sa peau, mais elle ne vaut plus un quart de kopeck. Mauricette joint les mains.

— Pitié, Santo, souviens-toi du passé.

— Justement.

J'appuie sur la détente et lâche la purée. Les corps tressautent sous les impacts, le sang fuse. Carnage. Impitoyable carnage.

— Tu n'aimes plus le hachis Parmentier ?

Je lâche le Smith and Wesson encore fumant.

— Si, si, toujours...

J'avale.

— Tu as quelque chose qui ne va pas ?

Étonnement. Il est rare qu'elle s'intéresse à ce point. Il se passe ce soir quelque chose de parfaitement exceptionnel : elle me regarde.

Je dirais même plus : elle m'examine. Peut-être me suspecte-t-elle. De quoi ? Si j'avais eu une aventure, je me dirais que je suis couvert de traces de rouge à lèvres.

— Mais non, pas du tout, pourquoi cette question ?

Magnifique dialogue. Si nous continuons ainsi, nous finirons au théâtre du Palais-Royal.

— Je te trouve lointain, ce soir.

— Lointain ? Comment ça lointain ?

Elle hausse les épaules, sort et revient avec les limandes-soles.

— Lointain, dit-elle.

Elle a dit « lointain ». Parfait.

Mastication et déglutition. Je ne lève pas les yeux de mon assiette, mais je sens qu'elle m'observe encore. Ce doit être la première fois depuis un quart de siècle.

Merde. Les fleurs. L'anniversaire.

Oublié.

Ah non, ce n'est pas possible, quel con, mais quel con ! Ce matin, j'y ai pensé, dans l'après-midi aussi, et puis il y a eu ce bouquin, ce polar de malheur, et ça m'est sorti de la tête, plus les cours, le Luxembourg, et voilà le résultat, et du coup elle me fixe, elle me réprouve. Que ferait Santorelli ? Une grande claque à la volée, sans doute.

Qu'est-ce que je fais ? Je m'investis dans l'ingestion de ma limande mais il va bien falloir que j'en sorte un jour ou l'autre.

Bruit de chaise. Je passe un coup d'œil sournois. Elle est partie dans la cuisine.

Pour pleurer ? C'est pas son style. Et puis j'ai oublié, j'ai oublié, bon, c'est tout, c'est tout de même pas le *Titanic.*

La revoilà. Je replonge dans mes arêtes. Choc sourd sur la table. Peut-être une grenade dégoupillée. Non : une bouteille de champagne. Étiquette dorée, marque inconnue. Demi-sec. Un paquet également, avec un papier-cadeau et un ruban saumon.

Elle n'a jamais fait ça ; les années précédentes, c'était moi qui offrais. Je me lève.

— Bon anniversaire, dis-je, je suis complètement navré, je...

Ses yeux s'agrandissent.

— Mon Dieu, c'est vrai, dit-elle, je n'y pensais plus.

Épaississement immédiat du suspense.

— Mais alors, ce champagne, ce cadeau...

— Ouvre-le.

J'ai toujours été maladroit avec les paquets, avec tout, mais plus particulièrement avec les paquets. Surtout que Mauricette garde les papiers d'emballage. Elle n'aime pas qu'on déchire, alors il faut ouvrir dans les règles. On dirait un livre. Oui, c'est un livre.

Je le connais, c'est celui que j'ai acheté cet après-midi. Le *Requiem pour un enfoiré.*

Elle m'offre le livre que je n'ai pas écrit.

Sur la couverture, Samantha Bloomingdale serre toujours avec autant de violence la cuisse de mon vieux copain, Santorelli.

— Merci, dis-je, ça a l'air intéressant et...

— Tu aurais pu me le dire, dit-elle.

— Dire quoi ?

— Ne fais pas l'imbécile, Antoine.

Oh que ça va mal, oh que ça va mal, que ça va très mal.

— Si je n'étais pas passée cet après-midi chez Martonneau, je n'aurais jamais su. Pourquoi me l'as-tu caché ?

Mes avant-bras balaient l'air d'un grand geste d'impuissance.

— Tu sais, ce genre de livres...

— Tout de même, tu pouvais m'en parler. Je comprends qu'à côté de tes ouvrages de philosophie, et par rapport à tes collègues de la Sorbonne, tu ne tiennes pas à ce que la chose s'ébruite, mais je sais tenir un secret...

— Je n'en doute pas, mais j'ai préféré...

— Tu as préféré te taire et me tenir à l'écart ? Avoue que c'est difficile à avaler pour une épouse.

Une épouse ? De qui parle-t-elle ? Ah oui... Qu'est-ce que je fais, j'avoue ou je m'enfonce ? Allez, j'avoue mon mensonge à Martonneau.

— Voilà ce qui s'est passé... figure-toi que...

Sbang.

Elle a tiré. Non, c'est le champagne. Bulles et brouillard sur les flancs du verre.

— Ne te justifie pas, dit-elle, c'est vraiment inutile... Le premier choc passé, j'ai compris que tu veuilles garder ça pour toi... c'est ton droit.

— C'est-à-dire que...

— Ton droit le plus strict, il y a chez tout créateur une sorte de pudeur envers son œuvre, elle peut parfois aller jusqu'à la négation ; dans certains cas semi-pathologiques, certains sont même allés jusqu'à prétendre qu'ils n'avaient pas écrit ce qu'ils venaient d'écrire.

— Incroyable, dis-je.

Je m'étrangle dans le maelström liquide. Le champagne a un goût de ferraille, j'ai l'impression de sucer une armoire métallique. Elle a dû l'acheter au rabais dans un bac à la supérette. De l'acide chlorhydrique pur me tourbillonne dans les tuyaux. L'œsophage fond en premier.

— Dans le cas présent, étant donné la distance qui sépare tes activités littéraires habituelles d'avec ce dernier produit, il est évident qu'il y a de ta part un refus qui s'exprime en partie par le silence. En quelque sorte, tu as honte.

Sursaut. Revoici la crise de psychanalytisme aiguë. Il y avait longtemps...

— Pas du tout, dis-je, je ne m'en vante pas mais de là à...

— De là à quoi ? Finis tes phrases... Le fait que tu ne finisses pas tes phrases en dit long sur tes blocages psychiques.

— De là à en avoir honte...

— Alors assume-le. Ça se vend bien ?

Je replonge dans le champagne. L'estomac commence à bouillir.

— Je n'ai pas les derniers chiffres...

Elle hoche la tête.

— Et tu as écrit ça quand ?

— De temps en temps, entre deux préparations de cours.

Dans des cafés, comme Sartre et Simone de Beauvoir. Crétin.

Re-champagne. L'intestin entre en fusion. Le foie vire au rouge. Il faut que je m'endorme et me réveille douze heures avant. Retour à ce matin... juste avant d'entrer chez Martonneau.

Ding dong.

— Bonjour, madame Martonneau.

— Bonjour, monsieur Berthier. Dites donc, monsieur Berthier, c'est pas vous qui avez écrit ça ? Il y a votre nom sur la couverture.

— Montrez-moi un peu ça, madame Martonneau. Ah non, c'est pas moi, c'est une plaisanterie, je n'écrirais jamais des âneries pareilles, je suis prof de philo à la Sorbonne, alors vous vous rendez compte...

Et je ressors, tranquille comme Baptiste, solide, maître de moi, individu adulte et mature assumant parfaitement la spécificité de son ego.

Allez, un effort, un voyage en arrière, il ne s'agit après tout que de remonter le temps à l'envers, d'effacer une demi-journée, de faire en sorte que ce qui a eu lieu n'ait pas eu lieu, une broutille... Incroyable qu'au XXe siècle on ne puisse pas encore réaliser des choses aussi simples. C'était un truc d'enfance ça, juste après les catastrophes, renverser les chevaux-vapeur d'un grand coup de paupières fermées pour revenir avant ; j'étais ce gosse crispé sur l'impossible, en sixième, M. Benoteau, classe de physique-chimie, son doigt suivait la liste, descendait, remontait.

— Berthier, au tableau.

Il y avait cette panique instantanée qui me réexpédiait dans les magies : si je m'y prends bien, si je force assez, rien n'aura eu lieu, je dois avoir ce pouvoir de transformer ces quelques secondes qui précèdent en néant... Je n'en veux pas, je ne veux pas. Benoteau ne m'a pas appelé, ce n'est pas vrai, ma sorcellerie vient de vaincre le monde du réel. L'un des brouillons du monde a été chiffonné et jeté aux poubelles... J'ai appris plus tard que c'était aussi le rêve de Leibniz... une chimère d'enfant craintif. La race des fuyards.

Pendant le reste de la soirée, Mauricette m'a paru plus malléable, elle a eu, au fromage, quelque chose de fondant presque. Peut-être, ce livre la flattait-elle. Elle avait épousé un type capable d'écrire des insanités, ce ne devait pas être à la portée de la première venue. J'ai senti le pardon proche. Après tout, il n'y avait pas de drames. J'avais ce matin menti à une papetière, le soir à ma femme. Pas de quoi soulever les populations. Le même mensonge, en plus, ce n'est pas avec ça que ma vie se trouve en danger.

Elle bavasse. J'avoue avoir perdu le fil. L'effet du champagne. Elle est en train de m'expliquer que le roman policier n'est pas un genre mineur. Nouvelle scie. Je hoche la tête à intervalles réguliers. Bien sûr. C'est évident. Personne ne peut prétendre le contraire. Quelle était la formule de mon père, déjà ? « Entièrement d'accord. » Voilà, c'est ça, je l'ai entendu la prononcer plus d'un million de fois, « Entièrement d'accord ». Je deviens comme lui, avec les années, je le sens, il entre en moi un peu plus chaque jour. J'ai échangé la mercerie en gros contre la Sorbonne, mais je suis de plus en plus entièrement d'accord.

Vingt-deux heures sonnent à l'horloge du salon.

— Il doit me rester quelques copies, je voudrais les finir ce soir...

Ça fait quinze jours que tout est terminé, mais il est bon de se garder des prétextes...

Voilà, mon bureau, mon havre, mon port, ma grotte, mon repaire, mon salut, antre et cocon, mon nid, mon escale, j'en passe et des plus confortables. Ici, le temps devient ami et pantouflard.

« Dire que Samantha avait tout ce qu'il fallait là où il fallait aurait été une énorme erreur que Santorelli ne commit pas ; elle avait plus que ce qu'il fallait là où il fallait, et strictement rien là où il ne fallait pas, ce qui simplifiait le problème. Lorsqu'il entra dans le plumard, il eut l'impression que trois douzaines de chats-tigres et une armée de pieuvres géantes lui tombaient dessus, griffes et ventouses dehors.

— Ramène-toi, dit-elle, pas sûr que tu en ressortes vivant, mais tu vas t'en rappeler.

Il décida que ça avait l'air d'en valoir la peine et

donna la plus grande preuve d'amour qu'il eût jamais octroyée : il déboucla son holster.

Contre son oreille, il perçut le chuchotement de la bouche-fraise.

— On m'appelle Ouragan, murmura-t-elle.

Elle n'avait pas tort. Au petit matin, il se réveilla ravagé comme une côte californienne et se traîna vers le bar. Même un verre à dents de Jack Daniels ne réussit pas à le ranimer entièrement... Je ne devrais pas rentrer à l'intérieur d'un mixer en marche, pensa-t-il. »

Sacré Berthier. Il a dû en connaître. En tout cas, il a le truc, ça se lit vite et ça finit bien. Un vrai pro. On a l'impression qu'il peut en écrire trois par jour. Allez, dodo, il est tard. Onze heures passées. Temps de rejoindre « j'ai ma crème ». Adieu, Samantha Hurricane Bloomingdale ; vous m'avez fait rêver le temps d'un livre, vous m'avez paru une brave bonne fille, tout en battements de cils et en faramineuses rondeurs, dommage que nous ne nous soyons jamais rencontrés. Je pense d'ailleurs que vous ne m'auriez pas remarqué. Vous auriez ondulé, croupetante et onctueuse, abandonnant dans votre sinueux sillage un parfum inespéré, et pas un de vos regards ne m'aurait honoré. C'est incroyable comme certains Berthier peuvent être invisibles aux jolies femmes.

Le résultat, c'est que je suis obligé d'acheter mon journal ailleurs. Ne plus jamais rencontrer Martonneau, car Martonneau égale danger. Éclatement du vieux mythe... je ne mets plus mes semelles du matin dans celles de mon père. Il a suffi d'un mensonge par inadvertance, d'une futilité pour que se brise la chaîne des habitudes et des générations. Les matins où je vais à Paris, tout va bien, j'acquiers mon canard rue des Écoles, les autres jours je dois parcourir un peu plus de deux kilomètres aller et retour pour me rendre dans le centre-ville.

« Nous connaîtrons de plus en plus des êtres aux dents jaunes. » Je me suis réveillé ce matin avec cette phrase en tête. Elle m'a poursuivi tout au long du jour, cela m'arrive quelquefois. C'est peut-être là une rançon de romancier avorté... Des mots s'enchaînent que je n'aurais pas jetés par écrit. Jetés, c'est-à-dire envoyés aux poubelles... alors je les garde et ils traînent. Formule trahissant la crainte d'un vieillissement, sans doute... C'est vrai que la quenotte ternit. Vieilles stars, où est votre émail d'antan ?

Peu à peu, les bouches s'emplissent de ces reflets de paille, la molaire faiblit, la canine se teinte de cet automne triste qui annonce la mort à la couleur d'urine... Les vieillards nous cernent de leurs bouches de vieil ivoire... Je n'ai rien foutu, cet après-midi. Mauricette est partie à Paris et je suis resté seul. J'ai rangé un peu, des papiers ; très exactement, je les ai changés de tiroir. J'ai mis ceux d'en haut en bas et inversement. J'ai eu quelques secondes l'impression que cela allait grandement me faciliter les choses. J'en suis moins sûr à présent. J'ai pratiquement mangé en entier une tablette de chocolat, et j'ai résisté à la tentation d'aller jouer.

Forte tentation. Je l'ai toujours eue, j'y ai cédé souvent. Elle ne m'a jamais quitté... Peut-être est-ce parce que j'ai toujours vécu ici que j'ai conservé l'habitude de ces galipettes que d'ordinaire l'enfance se réserve, et que tout individu normal abandonne avec la puberté. En tout cas, l'envie me vient parfois au cœur d'un après-midi de solitude de mimer quelques duels, quelques combats de boxe, quelque fracassante entrée dans un saloon de hors-la-loi. Les sujets ont varié avec les époques, j'ai eu une période Révolution française où j'envahissais Versailles et prenais la Bastille ; il m'arrivait malgré cela de périr guillotiné par un cruel retournement du destin. Explicable toutefois, car celui qui mime un duel se doit d'être à la fois vainqueur et vaincu, porteur et receveur d'estocades ; je fus donc le Peuple et le Roi, je triomphais et finissais décapité.

Il m'arrive encore, en une sorte de gymnastique ludique, d'écarter copies et in-folio et d'être le temps d'une détente Ray Sugar Robinson ou d'Artagnan, Al Capone ou Gary Cooper, cavalcades et fusillades s'enchaînent, il faut peu de choses, quelques gestes et un recul de l'âme, la règle alors devient rapière, la chaise cheval ou diligence, index et médius joints tournent en Smith and Wesson, les murs s'écartent : voici le Montana aux collines fleuries, sur la moquette, entre secrétaire Louis-Philippe et bibliothèque d'acajou plaqué, serpente le Rio Grande et, sur ses eaux tourbillonnantes, coulent les pirogues indiennes, j'ai d'une vieille Winchester massacré plus d'Apaches, d'Iroquois, de Pawnees et autres Séminoles que l'Union Jack tout entière... et voici les ruelles du Bronx : la Thomson y crépite et Bogart y allume une Lucky... Enfant, les histoires d'amour me passionnaient, cela m'a bien passé par la suite, mais je jouais au couple fatal, je me traînais à des pieds imaginaires, serrant des tailles invisibles, pressant de mes lèvres la bouche purpurine de Norma Shearer ou de Mireille Balin. J'avais un succès fou alors, elles tombaient toutes... En fait, j'étais un gosse heureux : j'abattais par troupeaux de cruels Navajos, je ferraillais contre les gardes du Cardinal, knock-outant Joe Louis au Madison Square Garden, marquais quatre bruts d'affilée au Parc des Princes, deux de la tête, un du gauche et le dernier du droit, et finissais à l'arrière d'une Chrysler bleu lavande dans les bras de Marlène Dietrich. Qui prétendra que je n'ai pas eu la belle enfance ?

Cela ne fut pas suffisant sans doute pour atteindre un équilibre exemplaire, car me voici quarante ans plus tard me démenant comme un damné dans le but d'échapper à d'asiatiques tueurs tentant, par des moyens mortels, de me faire cracher le secret de l'arme absolue. Ils peuvent toujours y aller, ils ne me connaissent pas encore.

— Toi parler ou nous arracher ongles à toi avec tenailles rouges.

Je me tourne, goguenard, vers la face impassible et citronnée.

— Je sens que je vais vous décevoir, dis-je, mais

je vais être obligé de vous abandonner. Un rendez-vous urgent.

Ma main effleure le revers de soie de mon smoking et arrache l'œillet blanc. Au centre, à l'endroit où se trouve le pistil, j'arme la minuscule grenade à fragmentations.

— Toi rester sur chaise ou moi briser nuque comme vieille allumette pourrie.

Explosion. Je m'élance dans la fumée, le Coréen me ceinture, je dérape, lui shoote dans l'occiput, son crâne en fer forgé sonne comme à Notre-Dame, il me porte une clef, je riposte en planchette japonaise, nous roulons sur la moquette. Je l'étrangle, il m'étrangle, je suffoque. Ma main droite essaie de détacher de mon cou sa main gauche qui m'étrangle.

— Adieu, monsieur Bond, chantonne-t-il fielleusement.

Couinement de la porte. Arrivée de Mauricette. Sauvé.

Je réintègre mon fauteuil, mon très léger essoufflement ne peut trahir le combat furieux que je viens de mener contre un gorille jaune de cent quarante kilos.

— Tu es là-haut ?

— Oui…

Elle monte. J'étale un peu plus largement le paquet de copies et répands sur mes traits les marques de la bienveillance la plus cordiale.

— Bonne promenade ?

— Je t'ai rapporté quelque chose.

Étreinte mortelle de l'angoisse. Elle m'enveloppe

de son vivant peignoir. C'est un pull. Cent contre un que c'est un pull. Pas question que ce soit autre chose puisque c'est toujours un pull. Pas de suspense. Je peux même dire qu'elle l'a trouvé en solde, rue de Rivoli, qu'il est en acrylique, et qu'il ne m'ira pas. Je le sais parce que ça fait deux cent cinquante fois que ça se produit, et j'en ai une pleine armoire. Je me suis au début ingénument demandé pourquoi elle m'achetait des pulls alors que je n'en avais nul besoin. Je n'ai eu la solution que plus tard : elle les achète parce que ça lui fait plaisir à elle et qu'elle a une passion pour ces choses lourdes et bariolées qui s'effilochent, se disloquent au lavage, s'élargissent du simple au double.

— On ne voit plus mes mains.

— Retrousse tes manches.

— Et les genoux, regarde, il me cache les genoux.

— Enfile ton pantalon par-dessus.

— Mais Mauricette...

Je les ai tous eus : toutes les modes, les faux jacquards avec chasse au cerf dans la vallée de Chevreuse, les abstraits avec frises grecques, les faux faits main avec fausse laine paysanne écrue directement tirée d'un faux mouton, les cols cheminée, les cols en V, les cols bateau, les cols fourneau, les cols roulés, les cols carrés avec capuche (les pires), les bicolores, les unis, les tricolores, les bigarrés, avec pompons, les dégradés, avec poches, sans poches, pulls-chaussettes militaires, russes, expédition polaire, vermillons style schuss sur la vallée, tous je vous dis, tous.

Tout ça parce qu'elle a l'impression de faire une affaire, qu'il y a des pancartes partout : exceptionnel, jamais vu, réductions énormes, prix cassés, en miettes, pour vingt francs seulement, trente les deux, les dix pour rien, servez-vous, c'est donné, gratuit, l'affaire du siècle, incroyable, impensable, inouï ; elle lit et elle fonce, si c'est pour rien, c'est pas la peine de s'en passer, et avant qu'elle ait ouvert la bouche, hop ça y est, on lui a déjà fourré le paquet dans les bras, et elle arrive, enfarinée, avec le cent trente-sixième pur nylon made in Hong Kong cent pour cent inflammable, car il faut dire en plus qu'une allergie chronique m'impose de la laine pure ou du coton, bref de la fibre naturelle, et que...

— Regarde.

C'est un carton d'invitation.

— Je crois que ça va te faire plaisir.

Un rectangle blanc. Anodin.

Je lis :

L'Association « Lecture mon amie »
et la librairie Martonneau
ont le plaisir de vous inviter à la librairie Martonneau
24, passage des Moulins
le samedi 24 novembre à partir de 20 h 30.
ANTOINE BERTHIER
parlera et dédicacera son dernier ouvrage :
REQUIEM POUR UN E...

Comment ça pour un E ???

Je me lève doucement. La température ambiante vient de passer de vingt et un degrés à celle du métal en fusion.

— Je ne peux pas, dis-je.

Mouvement de sourcils de la partie adverse. Jeunes garçons à qui on apprend dans les écoles des choses bien inutiles sur les longueurs des grands fleuves, Spinoza et le participe passé, sachez la seule chose qui vaille la peine : les sourcils des femmes sont des sources d'infinies terreurs.

— Et pourquoi tu ne peux pas ?

Attention, pas d'autre mensonge. Je pense, par réflexe, à inventer une soirée professionnelle avec ministre de l'Éducation nationale, recteur d'université, doyen de Sorbonne, professeurs honoraires du Collège de France, grand amphi, réception exceptionnelle, grandiose, présence obligatoire des enseignants sous peine de sanctions martyrisantes... non...

— Je ne crois pas que ce soit nécessaire de...

J'ai baissé d'un cran, une fissure s'est ouverte dans ma fragile muraille. Elle s'y engouffre, tous sourcils dehors.

— Je me suis donné tout le mal, dit-elle, l'organisation, l'envoi des invitations, j'ai tout fait et tu ne peux pas...

— Ce n'est pas que je ne peux pas...

— Tu viens de dire que tu ne pouvais pas...

— C'est que...

— C'est peut-être que tu ne veux pas...

Pourquoi est-ce que je ne la tue pas ? Bonne question. Une bonne fois pour toutes. Au gourdin. Paf. Étalée net. Achevées les angoisses.

— Ce n'est pas que je ne veux pas mais...

— Finis tes phrases, je t'ai déjà demandé de finir tes phrases.

Samedi 24, c'est samedi prochain : dans quatre jours.

Examinons rapidement les choses. Je connais l'association « Lecture mon amie », Mauricette en est la présidente-trésorière. Elles sont six. La librairie Martonneau, c'est la mère Martonneau, ce qui fait sept. Avec moi, ça fait huit.

Je dois pouvoir m'en sortir. Encore une fois, mais cette fois c'est la dernière, plus de mensonges plus de vanité. Jamais.

— D'accord, dis-je, mais tu aurais pu tout de même...

— T'en parler ? C'était pour que tu aies la surprise. Je suis sûre en fait que tu es ravi.

Motus.

— Hein, que tu es ravi ?

Densité inférieure de silence.

— Tu n'es pas ravi ?

Amenez les pavillons.

— Si, dis-je.

— Tu vois bien, dit-elle, j'en étais sûre.

Elle quitte le bureau, presque mutine. Je m'engonce dans mon siège. Si j'établis un courant d'air en ouvrant la fenêtre du bureau et celle du couloir, après m'être préalablement trempé dans de l'eau glacée, je dois pouvoir, en restant nu une petite demi-heure, attraper l'angine double, je dois même pouvoir aller jusqu'à la pneumonie. Ou alors une jaunisse. Il paraît qu'il suffit de manger des sardines à l'huile chaude, et on n'y coupe pas.

L'électrocution reste également une possibilité : deux doigts dans la prise et le tour est joué. J'ai le temps de décider avant samedi, car tout bien réfléchi, une seule chose est sûre : je n'irai pas.

Bien passé.

Ça alors, je n'en reviens pas.

Remarquablement bien passé.

Ça tournait un peu à la société secrète dans ce fond de boutique, sous la lampe à vingt-cinq watts mais à part ça, sympa. Très sympa.

Finalement, on était onze. Il faisait chaud, l'air sentait bon le vieux journal et l'éclairage au gaz. J'ai presque regret que ce soit fini. Ils s'en vont, doucettement, par couples, dans la nuit saint-mandéenne, leurs pas s'éloignent, cotonneux. Ils auraient pu être des amis, je les ai sentis si proches, si participants, si chaleureux parfois, surtout les Dumongeot, elle qui fut modiste rue de l'Abbé-Pouchard et qui lit tant depuis sa retraite. Les hommes sont si benêts, si suiveurs, si démunis. Ce sont leurs dames qui lisent, ils doivent faire semblant en regrettant leur temps de belle bite. Ils sont si vieux, tous, si respectueux... J'ai parlé du policier en général... son univers, son idéologie sous-jacente, les techniques d'écriture : ellipses et efficacité, bref, un cours magistral, quelques questions et le tour était joué. Ils me serrent la main, me remercient, ravis, si bons élèves. Il faudrait commencer l'école à soixante-dix ans, en fait. Mauricette bavarde dans le fond avec Martonneau contre une pile de dictionnaires.

Je me fais toujours un monde de tout. Avec l'impression que la terre va s'entrouvrir pour m'engloutir, que, seul parmi la foule innombrable, je suis celui sur qui vont s'abattre peste, foudre et cataclysme. Qu'est-ce que je pouvais risquer ? Rien, strictement rien.

On ferme. Un dernier petit monsieur traîne parmi les chaises vides. Il est tout seul, celui-là. Veuf sans doute. Il n'a rien dit, il était tout au fond, sage et approbateur. Il s'approche, tout vermoulu, même sa cravate est intimidée, ses chevilles s'entortillent. Il m'aborde avec révérence tandis que je fais mon bienveillant compréhensif supérieur.

— Très bien, dit-il, très intéressant, instructif, surtout le passage sur l'art de la syncope dans les dialogues.

— Heureux que cela vous ait plu, dis-je, ce genre d'exercice devient très vite rasoir.

Sous-entendu : grâce à ma gigantesque habileté et à ma magnifique intelligence, il n'en a rien été...

— Pas du tout, dit-il, pas du tout.

Il a l'air vraiment lamentablement anodin. Il donne envie de le frapper tant on est sûr qu'il va s'excuser, après réception du coup, de s'être fourré le menton sur le chemin de votre poing.

— J'avoue que j'ai eu un peu peur, marmonne-t-il, je n'ai pas l'habitude de prendre la parole en public, et j'ai cru que...

Encore un qui ne finit pas ses phrases. En cet instant, il ressemble à un lapin dans la lande.

— Qu'est-ce que vous avez cru ?

Il sort une invitation de sa poche.

— J'ai pensé que c'était moi qui devais causer, dit-il, ça m'étonnait beaucoup parce qu'on ne demande jamais pour ce genre de livre...

Je sens que mon regard se fait sévère car il se recroqueville.

— Qu'est-ce qui vous a fait croire ça ? dis-je.

Il toussote, s'empêtre dans une chaise. Il serait capable de s'emberlificoter dans un palmier en plein désert.

— Mon nom, dit-il, il est marqué là.

Il montre du doigt comme à l'école.

— Vous vous appelez comment ? dis-je.

— Antoine Berthier, dit-il.

— Ah ah, dis-je.

Il a un geste pour chercher sa carte d'identité, se retient de justesse et lance d'un jet :

— C'est moi l'auteur, j'ai écrit ce livre. J'en ai fait plein. C'est l'éditeur qui m'a dit qu'il y avait une soirée-conférence, parce que la libraire lui a commandé des livres, alors il y a eu quiproquo, parce qu'il m'a demandé si j'habitais Saint-Mandé et j'ai dit non, et quand j'ai voulu prendre la parole ce soir, vous êtes arrivé en premier, et vous avez commencé à parler, et j'ai compris qu'il y avait une erreur et qu'Antoine Berthier, c'était pas moi, enfin c'était moi mais c'était vous aussi, alors donc je suis resté assis.

Santorelli. L'homme au double colt, aux deux cent mille femmes et aux Maserati plaquées or. C'est lui.

Il continue à toussoter. La fin du bouquin me revient en mémoire :

« Elle caressa la carrosserie crémeuse de la Rolls et sourit à son amant.

— Ce n'est pas la même qu'hier, remarqua-t-elle, pourquoi ce nouvel achat ?

Santorelli alluma un havane San Cristobal gros module roulé à la main sur une fesse de vierge et macéré dans de la fine-champagne millésimée.

— Le cendrier était plein, dit-il.

Il lâcha un jet d'odorante fumée.

— Grouille-toi, Samantha, on file sur La Havane en Boeing.

Elle grimaça.

— Je n'aime pas l'avion.

— Le mien te plaira, dit-il, j'ai fait installer une piscine à l'intérieur.

Elle ondula, soulevant à cinq cents mètres un vol de goélands.

— T'as toujours su parler aux femmes, Santo, chuinta-t-elle.

Il s'installa au volant et démarra, droit sur l'avenir. »

THE END.

Et c'était lui qui avait écrit ça... ce glandu, mon semblable, mon frère en contorsion et en mal-être. Peut-être n'écrit-on que ce qui est contraire à soi-même. Avec Santorelli, il créait son inverse, il était...

— Il y a peut-être eu malentendu, hasarde-t-il, comme nous portons le même nom, les gens auront pu croire que c'était vous qui aviez écrit le *Requiem* et...

Mauricette et Martonneau discutent toujours et ne nous entendent pas. Gloire au Divin.

— ... ce serait embêtant parce que, mardi prochain, je passe à « Lectures pour tous ». C'est à la télévision...

Il en a rougi, il dandine encore, tout gêné, tandis que la glace descend dans chacun de mes os. « Lectures pour tous », l'émission favorite des membres de « Lecture, mon amie ». « Lecture pour tous », la messe du mardi soir, suivie par tous.

Mardi, ils sauront...

— C'est rare qu'ils invitent pour un roman policier, mais justement l'attachée de presse a insisté et du coup... enfin, voilà...

Mardi. Dans quatre jours. Pas de souci à me faire ; d'ici là, il y aura eu écrasement de la planète par choc de météorite avec raz de marée et séismes généralisés.

Il fait un temps de coton. Assez doux, mais l'hiver y est contenu en suspension. Silence dans la nuit de Saint-Mandé où nos pas sont étouffés par une neige absente. Pas de lune mais une lueur, la banlieue a une mine de plomb. Sur le mien, le bras de Mauricette pèse. Nous rentrons. Derrière nous, Martonneau a tiré le rideau de fer.

Nous voici sous les acacias de l'allée des Acacias. Des couples y déambulent au crépuscule, s'y embrassent, s'y soudent et restent là contre les troncs d'encre jusqu'à la nuit. Lorsque je revenais du lycée, je percevais leurs chuchotis, leurs tendresses mouillées... toute une sonorité humide et molle. Je ne les ai jamais regardés, je n'aurais pas osé... Dans l'ombre, je devinais un frisson, la soie d'un corsage, un reflet carminé sur une bouche donnée... de quoi rêver une bonne semaine. On en trouve moins aujourd'hui, peut-être viendra-t-il un jour où ils disparaîtront. Question d'évolution des mœurs. Finis les amoureux des Acacias... une avenue d'arbres vide... que le bruit des feuilles.

— Mauricette, ce n'est pas moi qui ai écrit *Requiem pour un enfoiré.*

Voilà, je l'ai dit, je l'ai lâché, d'un coup, à l'emporte-pièce, en hussard.

Elle halète. Comme après un crochet au foie.

— Tu es sûr ?

— Certain.

Pour en être certain, j'en suis certain.

Je devine l'ovale blanc du visage tourné vers moi, coquille d'œuf.

— Pourquoi fais-tu cela, Antoine ?

— Je ne sais pas, dis-je, je n'ai pas voulu vous contredire, Martonneau et toi.

— Que vont penser les autres quand ils sauront ?

— Ils ne sont pas très nombreux...

Je ne vois pas ses yeux. Elle s'est arrêtée.

— Il faut partir, dit-elle, déménager.

Quitter Saint-Mandé ? Pour une petite exagération ? J'aurais pu l'écrire, ce bouquin à la fin, ce n'est quand même pas un traité de métaphysique.

— Ce sera la honte, dit-elle, chez les commerçants surtout, il faut partir, le plus vite possible.

L'exil.

Où aller ? J'ai mes habitudes ici, mes affaires, mes souvenirs, maman dans la cuisine à sa tarte aux blettes, papa dans le jardin devant son rang de radis, Mémé les mains sur les genoux, mes premiers gadins d'enfant dans l'escalier trop raide, le bruit de la grille... Saint-Mandé, quoi... Je ne me suis jamais vu ailleurs qu'ici... Je n'ai pas commis de crime, juste une petite bêtise, de l'ordre de l'espièglerie, une galéjade, une vantardise, pas de quoi faire les malles, pas de quoi...

— Monsieur Van Steenberghe.

Le chauve se lève, passe à travers le tronc d'un acacia et entre dans le bureau de Pamphile. La nuit se troue du lustre à pendeloques vénitiennes. Je suis seul dans la salle. Plus qu'une demi-heure. Noires tentures gonflées qui me submergent. Voici la peur cette fois.

Ils ont tous disparu. Ils cavalent dans la ville à présent. Je parie qu'ils sont guéris. Ils sont entrés dans des pharmacies et ont acheté leurs remèdes légers, pilules, gouttes, sirop, et les voici sauvés, pimpants, oublieux, buvant déjà au comptoir des brasseries les apéros de la délivrance... L'air leur semble frotté de parfums vivaces... ils ouvriront des bouteilles anciennes pour fêter la résurrection.

— Alors, qu'est-ce que c'était ?

— Rien de grave, quelques névralgies, elles doivent passer...

La grosse dame s'effondre sur le sofa rougeoyant de son salon et, rassurée, elle tape déjà dans les cacahuètes, descend son Martini-gin à la vitesse d'un missile air-sol...

Tous les autres font la fête, du maigrichon au baraqué, serpentins et confettis, youpi, tiens revoilà la vie... On avait bien cru la perdre en route, la très précieuse, et on ne s'en remettait pas, et la voilà qui resurgit, pétante, pétaradante, affûtée, si soudaine et plénière qu'elle vous griserait ce soir, tant on l'avait crue perdue, eh bien pas du tout, elle est là, tourneboulante et les voici chahutés jusqu'au trop-plein… Il n'y a que l'ultime visiteur, le rêvasseur arrivé en dernier. Lui, on ne sait pas trop, pas très bonne mine, une vraie tête de diagnostic réservé. Ça doit être du sérieux, pas comme nous qui sommes des solides, on s'est bien effrayés pour rien, mais lui il ne se sera pas déplacé pour des berlingots, on lui souhaite pas de mal, mais soit dit entre bien-portants, ça nous épaterait qu'il finisse la semaine. Comme on est sympas, on pourra aller jusqu'à la fin du mois, mais pas plus. Surtout pas plus.

Cet art de me fourrer dans l'inextricable pour me faire bien voir… comme si j'avais un instinct de parade. J'ai dû vouloir plaire. Que dis-je plaire ? tout le monde veut plaire, moi je voulais éberluer, époustoufler, renverser, bref les rendre folles, parce que, dans ces histoires-là, seules comptent les femmes bien évidemment. Dans le genre, le coup du polar était pas mal. Il y a eu pire par la suite. Parce qu'en fait nous n'avons pas déménagé. Berthier est bien passé à la télé mais personne ne l'a vu ou pas assez… tellement transparent et indolore, et puis qui se souvient des titres, des visages ? Le temps a passé, j'ai pris de l'âge, jusqu'en novembre 86.

1986. L'année Denise.

Il faut que je me la revive, celle-là aussi, parce que je me la suis baillé belle. Tout coulait doucettement vers la retraite. J'en étais à l'âge où l'on commence à se dire que c'était peut-être dommage de n'avoir pas eu d'enfant. Pour quelles obscures raisons pointe ce regret, je l'ignore, mais il vient. On doit se dire que c'est un peu con déjà de n'avoir pas trop vécu soi-même, et qu'en plus ne pas assurer la descendance est le comble de la négligence. On n'aura pas servi à grand-chose. Ce n'est pas que je voulais marquer l'humanité de mon sceau, mais tout de même, il y avait dans mon passage terrestre quelque chose d'un peu trop fantomatique. Une sorte d'abstention permanente à la participation humaine. Bien sûr, j'enseignais, mais était-ce bien utile ? J'en doutais un peu plus à chaque nouvelle rentrée. Les étudiants changeaient... je ne retrouvais plus en eux cette déférence inavouée qu'ils gardaient aux vieux textes ; dans les coins de leurs yeux, dans leurs voix, s'était glissé le poison de l'irrespect, voire de la contestation... Jeans, Walkman, hamburgers et Spinoza, cherchez l'intrus. Je sentais qu'il s'agissait d'une guerre perdue... Le monde glissait, vers quoi je l'ignorais, sans doute vers eux, un monde syncopé, skateboard et rock n'roll.

Rien de cela n'était grave, c'était amertume de prof vieillissant. A la maison, Mauricette s'était mise aux rosiers, elle en fourrait partout et leur odeur de sucre imprégnait jusqu'à mes pyjamas. Je ne la voyais plus que prolongée de sécateurs. Une femme-homard.

J'avais écrit un autre livre. En fait, je voulais parler de Kant mais, dès le premier chapitre, je m'étais aperçu que je citai quatorze fois Spinoza. Je pris alors conscience que je ne m'en débarrasserais jamais et inventai sans le vouloir la philo-fiction : l'interprétation spinoziste de la pensée kantienne, comme si mon vieux polisseur de verres de La Haye, mort en 1677, avait pu lire les livres du maître de Königsberg né en 1724. La chose eut un retentissement notable dans les milieux intéressés : quatorze lignes dans les *Cahiers de philosophie* et deux lettres d'injures. Mauricette avait cru pouvoir partir à Bali avec les droits d'auteur, nous allâmes cette année-là aux Baléares. Elle en fut rapatriée pour insolation.

Cette femme aux continuelles crèmes nocturnes s'était, ironie du sort, trompée dans ses tubes, et avait confondu les indices de protection. Lorsqu'elle pénétra dans le service d'urgences de la clinique, elle avait atteint les limites de la première cuisson. Je faillis la perdre.

Nous invitions parfois des collègues qui nous le rendaient ; c'est durant ces années que j'achetai deux voitures. J'en voulais une grande, grosse et costaude, j'en pris deux petites, fragiles : chacune la nôtre. Aucun de nous ne fut content. D'ailleurs, Mauricette ne se servit jamais de la sienne, deux ou trois fois pour aller au marché, mais elle y renonça : placée derrière un volant, elle était prise de crises de sudation et ses mains glissantes tremblaient sur les leviers, balbutiant les vitesses, mais pourquoi est-ce que je raconte tout cela ?

Octobre 86 s'achève, Mitterrand ressemble à Pompidou qui, par-delà la tombe, le lui rend bien, et je touche, dans le sens administratif du terme, une assistante en travaux pratiques : elle sera mon auxiliaire durant toute l'année. Elle s'appelle Denise.

Troisième partie

CE n'est pas ce jour-là que l'histoire a commencé.

En fait, ce qu'il y a d'ennuyeux avec les histoires, c'est que si on les examine un peu de près, on s'aperçoit que leurs véritables origines remontent dans la nuit des temps. Denise déboule en 86 mais tout est déjà en place pour une catastrophe en août 1938, soit un demi-siècle à l'avance.

Je suis à Saint-Mandé. Où pourrais-je être ailleurs ? J'ai huit ans et nous recevons les Parmelin. Les Parmelin sont trois. M. et Mme Parmelin, et le fils Parmelin, Régis Parmelin. Les Parmelin espèrent que leur garçon et moi allons devenir amis. Avec cet enthousiasme imbécile et abusivement prophétique qui caractérisait à cette époque les employés de chemin de fer, Parmelin père s'écrie à intervalles réguliers : « Oh, ces deux-là, on voit tout de suite qu'ils forment une paire de sacrés lascars. » La chose me surprend d'autant plus que je ne connais pas Parmelin, que nous n'allons pas à la même école, et que nous n'avons jamais joué ensemble. Simplement, par quatre fois, deux fois chez lui, deux fois chez moi, nous avons, au cours de ces interminables après-midi dominicals qui m'ont fusillé l'enfance, fait de très languissantes parties de petits chevaux. A chaque fois, nous n'avons pas échangé un mot, j'ai su dès le premier regard que ce Parmelin ne serait pas mon copain. Il a dû en être de même pour lui. Pour tout dire, je le trouve con. Le jugement qui me paraît aujourd'hui excessif était pour moi d'une netteté absolue : Parmelin était con comme le sang était rouge, la neige blanche et l'angle droit droit. Pas de demi-mesures, aucune nuance. Et c'est à ce moment où, bâillant sur nos tristes cavaliers dans une atmosphère de fin de jour nauséeuse, sous le tic-tac de la pendule, ayant déjà au fond de nos âmes l'essentiel pour nous confectionner seconde après seconde une vie cacateuse, que le père Parmelin surgit et vocifère sur le pas de la porte : « Regardez-les, ces deux-là, non mais, regardez-les, ces deux roublards ! »

Obéissants, mes parents suivent, jettent un œil et prennent par politesse l'air entendu.

Je me sens en cet instant envahi d'un étrange sentiment. Serais-je roublard malgré moi ? Y aurait-il entre ce con de Régis et moi-même une connivence crapuleuse qui m'aurait échappé ?... Serait-il même possible que nous soyons effectivement, sans nous en être aperçus, de fameux copains ? De joyeux drilles ?

Je regarde à travers les tulles gris le jardin qui entre dans les brumes. Il est assis sur mon lit, les bras ballants, et ses yeux hébétés s'endorment à l'unisson des mornes troènes qui ferment le jardinet. Nous sommes dans ma chambre ; j'ai, par savoir-vivre, sorti quelques soldats de plomb, un Meccano exaspérant, une voiture hoquetante à la clef rouillée, tous ces objets dont on dit qu'ils sont jouets de garçon... et les cotonneux marteaux de l'ennui frappent à nos tempes douloureuses... ses prunelles transhument à travers la pièce, dépassent la cretonne, s'arrêtent à l'étagère... lents après-midi aux paresses mortelles.

— C'est à toi ?

— Oui.

C'est un harmonica. Un cadeau de la tantine de Nogent-le-Rotrou au dernier Noël.

— Tu sais en faire ?

— Non.

Parfois, je souffle dedans sans conviction, j'exsude quelques sons tronqués ou interminables, ils expriment toutes les détresses de l'univers : marins en mer, vieillards expirants, ululement de jeunes veuves, nourrissons sacrifiés, tout ce qui gémit, tout ce qui souffre, avec cependant, au cœur des épouvantes, une rigolade fugace comme un écho de bal musette dans un « Te Deum », Vincent Scotto dans un chant grégorien, cela fout en l'air la grande symphonie macabre... Il y a une sorte de piston sur le côté. Lorsqu'elle me l'a offert, papa a dit :

— C'est un bel harmonica.

Il a pris l'air de celui à qui il ne faut pas la faire, comme s'il avait passé sa vie dans les harmonicas, à en fabriquer par tombereaux, l'expert complet. Il fait toujours ça... Lorsque la même tantine m'offrira le stylo pour la communion, il sifflera... il siffle toujours dans ces cas-là, et cette fois-ci il a prononcé avec force :

— Ça, c'est un stylo !

Bien sûr que c'était un stylo, n'importe qui pouvait s'en rendre compte. Après l'avoir manipulé, inspecté, il me l'a rendu en hochant la tête.

— Tu peux remercier tantine, elle ne s'est pas moquée de toi !

— Merci, tantine.

A ce moment-là, il donne l'impression d'être d'une compétence incroyable. Il admire toujours ce qu'on lui montre : quand l'autre con de Parmelin lui a montré sa Citroën, il a sifflé, et il s'est penché en examinateur, les mains derrière le dos, et là, il a lâché :

— Eh bien, dites donc !...

Il a fait le tour comme s'il travaillait à Billancourt depuis sa naissance.

— Dites donc, dites donc...

J'en avais honte pour lui tellement il admirait. Il est comme ça, ça doit être pour faire plaisir, pour flatter. Parce que évidemment, il s'y connaît pas plus en voiture qu'en stylo ou en harmonica, et c'est pour tout pareil : quand maman lui a offert les pantoufles pour l'anniversaire, il les a prises et élevées vers la lumière en proférant :

— Hola-a-a-a-a !

Il y a mis une telle force que j'ai cru qu'elles étaient en platine iridié.

Donc pour la voiture, il s'installe, il effleure le

volant comme si c'était du verre filé, et il demande à l'autre gros con qui boit du petit-lait :

— Si c'est pas indiscret, puis-je me permettre de vous demander combien vous l'avez payée ?

Ça, pour l'indiscrétion, il pourra toujours repasser, c'est pas demain que ça risque de lui arriver. Un jour, il y a une voisine de l'avenue des Tilleuls qui est venue montrer son nouveau-né dans le landau ; lui il s'est penché et il a dit :

— Si c'est pas indiscret, comment s'appelle-t-il ?

La honte.

En fait, pour lui, c'est une formule comme « Bonjour, comment allez-vous », comme « Entièrement d'accord ».

On revient à la voiture. Il est assis dedans et il prend tellement soin de ne pas toucher aux fauteuils qu'il donne l'impression d'être enduit de bave et que ça va dégouliner sur le tableau de bord.

Je ne me souviens plus des prix mais Parmelin dit un chiffre. Mettons trente mille francs.

Je savais ce qui allait suivre, même pas la peine de se donner le mal de deviner. Je vois ses yeux qui s'arrondissent, qui miment l'incrédulité.

— Combien avez-vous dit ?

— Trente mille.

Resifflet qui finit en corne de brume.

— Alors là, alors là...

Il secoue la tête plusieurs fois avec un immense respect. Peut-être va-t-il se mettre à ramper sur le trottoir pour exprimer sa gigantesque et admirative stupéfaction.

— Alors là, on peut dire que vous avez fait une affaire...

Comme il pense que ça ne doit pas suffire, il en remet une bonne livre :

— ... une très belle affaire...

En fait, il ne sait pas le prix d'une botte de radis, il ne sait pas non plus où est l'avant d'une voiture, il ne connaît rien à rien, juste le rayon mercerie spécialité boutons-pression, et le résultat c'est qu'il veut faire plaisir, alors il abonde. Il abonde jusqu'à déborder... jusqu'à se répandre... Insoutenable.

Donc, Régis Parmelin me demande si je sais me servir de l'harmonica.

— Non.

Il se lève, va le prendre et, sans qu'il batte d'un cil, qu'est-ce qu'il fait ? Il joue *Ramona* !

Ramona. En entier, avec des fioritures, des variantes. Bourré d'arpèges.

Scié.

Si mon père était là, il sifflerait d'abord et prédirait ensuite une carrière de virtuose avec salle Gaveau, smoking, Pleyel, hôtels internationaux, Rolls, disques, photos chez Harcourt, etc., etc.

Fin de *Ramona*.

Régis Parmelin repose l'harmonica où il l'a trouvé, se rassoit, met ses mains entre ses genoux, et reprend l'air con.

Tombée de silence.

Ce qui me suffoque, c'est pas qu'il ait joué de l'harmonica, ça doit pas être sorcier, il suffit d'apprendre, mais il l'a fait, à l'aise. Je le regarde, pantois : il a donc ça en lui, ce mou crétin, cette richesse, cette possibilité, quelque chose de caché profond, et quand il veut, à tout instant, hop, mine de rien, il peut jouer *Ramona*. Pas que *Ramona* d'ailleurs : *Fleurs de Paris, Les Plaines du Far-West, La Guitare à Chiquita, La Marseillaise...* Tout, il peut tout jouer... Moi, je le ferais savoir, je le clamerais, je brandirais des pancartes : « Je joue de l'harmonica », je laisserais dépasser l'engin en permanence de ma poche. Lui, il est retombé dans son marasme de Saint-Mandé. Dimanche...

On dit plus rien. J'en ai pris un coup, là. Parce que je cherche si, moi aussi, j'ai un truc qui épaterait le monde, je ne sais pas, moi, tout d'un coup enchaîner quatre sauts périlleux ou lancer des couteaux ou couper la cigarette au ras des lèvres avec un fouet, ou réciter le dictionnaire à l'envers, quelque chose d'un peu marrant, de spectaculaire, que les gens se disent : « Ah, ben alors, on ne s'attendait pas à ça ! » Avec l'admiration au coin de la voix, la nouvelle se propage : Vous avez vu Antoine Berthier ? C'est incroyable, ce garçon est un cas, un véritable prodige. On se demande où il a appris ! Cette virtuosité quand il fait apparaître les colombes ! Et la disparition de l'armoire normande ! Hop ! comme un professionnel, pareil qu'à Médrano... Ou tout autre chose...

Je l'observe à la dérobée, comme dit la mère Sévigné. Ce qui est incroyable chez ce type, c'est que rien ne laisse prévoir ; vous le regardez et vous dites : c'est un idiot, un incapable, un moins-querien, et vous continuez votre chemin, et vous ne vous êtes pas aperçu qu'il a tout le solfège dans la musette, tout y est, les croches, les dièses, les soupirs, la musique entière, parce qu'on peut prendre la chose dans tous les sens, que ce soit le grand orchestre du Metropolitan ou l'harmonica de Parmelin, c'est du pareil au même : faut connaître les notes.

En fait, il y a de la jalousie, je peux bien l'avouer. C'est idiot la jalousie, il suffirait que je dise à maman que je veux apprendre la musique, et j'aurais la contrebasse dans le salon avant d'avoir refermé la bouche, mais je sens que c'est trop dur pour moi, les rondes, les blanches, les noires, il n'y a rien de plus chiant au monde. Ce qui est terrible avec la musique, c'est qu'il n'y a rien de plus chiant quand on ne sait pas en faire, avec les portées, les clefs, c'est un bordel incroyable, et lui, avec sa tête de taré, il me pique mon harmonica, et en avant la fanfare, sans forcer, comme si ça allait de soi, et...

— Ah, les sacripants ! Mais regardez-les, ces sacripants, ils sont encore en train de nous mijoter un de leurs coups pendables !

Jaillissement du père Parmelin.

Rire indulgent et dévastateur qui le secoue.

— Je m'en doutais, ils étaient trop silencieux, quand on ne les entend pas, c'est qu'ils mijotent !

Il est reparti et le doute s'infiltre, tant il est sûr de lui. Et si nous mijotions vraiment sans nous en apercevoir ? Si nous traficotions par télépathie de monstrueuses espiègleries, est-ce que, sans le savoir, nous préparerions un coup fumant ?

Je regarde Régis et il me regarde. Culpabilité montante. Les grands croient que nous sommes amis, que, dès leurs dos tournés, nous devenons Pieds-Nickelés et inséparables complices... Pourquoi ne sommes-nous pas à la hauteur de leurs espérances ? Est-on coupable de s'emmerder avec autrui ? Parce que c'est le cas, c'est tellement le cas...

Voilà, ils s'en vont, les Parmelin. Ils n'habitent pas loin : avenue des Tilleuls. Ils n'ont pas voulu rester dîner. Ouf. Maman propose toujours :

— Vous ne voulez pas rester ? On mangera la soupe, à la fortune du pot.

Refus traditionnel. Ils ne doivent pas aimer le potage. Ils s'éloignent, on se reverra dans six mois, chez eux puisqu'on alterne.

— Allez, dis au revoir à ton ami, ah, ces deux-là, ils ont pas été longs à se comprendre... une belle équipe...

Je serre mollement la molle main de mon mou et atone compagnon. Dimanche s'achève et il y a l'école demain.

C'est vrai qu'on est loin de Denise, mais les choses ont démarré là, avec cet harmonica, près d'un demi-siècle auparavant, on comprendra pourquoi... Du moins je l'espère, parce que, dans la vie, lorsque l'on a le nez dans l'existence, on ne peut pas toujours l'avoir dessus, ou alors on est Spinoza, et encore, pas sûr.

Pour parler du jardin du Luxembourg, on dit le Luco, et mon copain du moment se nomme Bollet, comme un champignon, mais avec deux L.

Nous nous retrouvons à La Chope ou au Capoulade, il prépare un certificat d'histoire de la philo et moi celui de philo géné. Cette très légère différence est compensée par une douloureuse ressemblance : nous nous dégarnissons et n'avons que vingt ans. Originalité de taille : mon éclaircissement est pariétal, le sien est occipital. L'importance de cette particularité n'échappera à personne : sa naissante calvitie n'est repérable que de dos, la mienne est visible de face. Disons, de côté. Il prétend que son cas est plus avantageux que le mien. Je rétorque que ça se discute. Il y a chez lui quelque chose de dissimulé, voire de sournois, alors que j'affiche la réalité dès la première seconde. Il peut évidemment parader durant les premières minutes devant la gonzesse non avertie, mais tôt ou tard, telle est la loi, il lui tournera le dos. Et là, on ne peut présumer de rien : devant la découverte de la tonsure naissante, quelle va être la réaction ? A mon avis, elle se sentira lésée, trompée peut-être... Comment, ce front touffu, ces volutes, tout ce foisonnement par-devant ne masquait que manque et aridité par-derrière ? Jungle face, jachère pile, c'est insupportable. Pour ma part, pas d'ambiguïté, d'entrée la belle se rend compte que la décarrade est commencée, cette ligne imprécise où le front devient crâne recule lentement, l'ennemi gagne et n'est pas prêt de succomber à mes tentatives. Le médecin m'a prévenu, ma disgrâce porte un nom : séborrhée grasse. C'est un avatar ultime de ma vieille ennemie, l'acné. J'ai lutté contre elle en utilisant des méthodes diverses. La première fut pâtissière : une recette maternelle, shampooing aux œufs et au rhum, on masse, on laisse pénétrer, on rince, et pendant quinze jours, on sent le baba. J'ai eu à cette époque l'impression de me promener en permanence à l'intérieur d'une pâtisserie. Le résultat fut catastrophique : la chute s'accéléra, mon oreiller du matin, parsemé de fins cadavres capillaires, sentait la brioche. Je suis passé à des techniques plus décapantes : celle du soufre. Un liquide diabolique et quasi abrasif vendu uniquement en pharmacie m'érodait le cuir chevelu. J'ai eu alors longtemps l'impression d'être transformé en allumette suédoise, ma tête frottée contre un mur s'enflammait d'un coup et je flambais en torche.

Revenons à Bollet.

Pendant cette année où nous usons nos culottes sur les bancs des amphithéâtres à écouter quelques grands maîtres, nous partageons l'absence de faveurs d'une même fille. Il se produit avec elle un phénomène bizarre : bien que j'en sois amoureux de façon réservée, j'oublie son prénom d'une rencontre à l'autre. Quel étrange blocage l'efface de ma mémoire, impossible à dire. Ainsi est faite notre psyché. Cela fait rire énormément ce bon Bollet. Nous avons décidé d'appeler cette jeune personne, lorsque nous en parlons entre nous, Colettegermainesuzanne, ce qui n'est pas d'un humour bien venu mais nous amuse, car nous sommes, bien que quasi licenciés en philo, assez cons.

Colettegermainesuzanne vient nous chercher de temps en temps à la sortie de nos cours. Elle nous attend dans le grand hall de la Sorbonne, sous la statue d'Homère. Il y a une disproportion entre le mastodonte de marbre aux muscles pleins et cette créature fluette qui, dans son maintien et la prestesse de ses réactions, a quelque chose de la belette. Il faut mentionner que Bollet et moi, qui jouons quelquefois aux cartes sur les toiles cirées d'un café de la rue Saint-Jacques, l'avons également surnommée : « Belette, rebelette, et dix de der. »

Nous sommes impitoyables.

Souvent, nous nous attendons mutuellement au Luco, au bord du bassin. Nous discutons ; lorsque le temps s'y prête, nous descendons tous trois le boulevard jusqu'à la fontaine Saint-Michel et le remontons. L'idée ne nous viendrait pas de continuer tout droit par le pont, et de franchir la Seine, car il nous est très évident que le poids des masses cérébrales des habitants de la rive droite est très inférieur à celui des habitants de la rive gauche. Nous ne respirons pleinement qu'ici, entre bibliothèque, vieilles librairies, salles de cours poussiéreuses, où nous pouvons humer à plaisir l'odeur livresque et rance de la culture. Nous allons également au cinéma. Colettegermainesuzanne se met entre nous et nous regardons des anciens films, le plus souvent muets, ce qui nous paraît être le vrai cinéma. Il est évident que toute œuvre en couleurs, en Cinémascope, sur écran géant et de surcroît sonore, appartient au monde superficiel du tapage et non de l'art.

Au cours de ces séances, nous avons vu entre autres six fois *Le Cuirassé Potemkine*. Je surveille, me trouvant à la gauche de notre jeune fille, si sa main droite n'effleure pas celle de Bollet situé de l'autre côté ; quelques mouvements de sa part m'avertissent qu'il en fait autant et vérifie si nos doigts ne s'enlacent point.

Car, là est le combat de tous les instants : simple et effrayant dans sa sobriété, il s'y mêle le désir, l'amitié, l'amour, la jalousie, l'honneur, la vanité, en un mot tout l'infini cortège des passions humaines, et il peut se résumer ainsi : lequel de nous deux va bien finir par se taper Belette, rebelette et dix de der. Se taper est d'ailleurs un bien grand mot, car la personne en question n'apparaît pas à première vue comme tapable. Je ne veux pas insinuer par là qu'elle soit répugnante, mais que les choses de la chair ne semblent pas appartenir à son univers. Elle donne l'impression de ne rien ignorer de Kierkegaard, mais il n'est pas très sûr qu'elle se sache l'heureuse propriétaire d'un corps qui, bien que fébrile et vibrionnaire, n'en offre pas moins aux yeux de Bollet et aux miens un spectacle enivrant.

Enivrant, serait excessif, et ce n'est pas elle qui est en cause, l'essentiel pour moi étant d'être plus fort que Bollet, la réciproque étant évidemment exacte. Battre Bollet, être élu, choisi, contre lui... Rien de plus mesquin, de plus vil, mais il en est ainsi, nous sommes de rivaux amis.

Je rêve parfois la nuit que je les trouve enlacés derrière un tronc d'arbre du Luco ou sous un porche de la rue de la Huchette, échangeant de baveuses galoches ; je me réveille en sueur, le cœur à cent vingt : Bollet a triomphé. Cauchemar.

Je me perds. Nous nous perdons dans les indices : au cours de notre dernière rencontre, il m'a semblé que Belette et rebelette m'a regardé plus souvent. Il m'a, hélas, semblé aussi qu'elle lui souriait davantage. J'ai, il y a trois semaines, marqué un point d'importance : au cours d'une discussion serrée sur Spinoza, elle a, dans son emportement, failli poser sa main sur mon bras. Elle s'est reprise de justesse, mais même si l'on met cela sur le compte de la volonté de persuader, il n'en est pas moins vrai que son geste a eu lieu. D'ailleurs, j'ai pu le constater, Bollet en a blêmi. Un point pour moi.

Malheureusement, égalisation le surlendemain. Comme nous lui tendions l'un et l'autre un stylo pour qu'elle puisse terminer de recopier sa dissertation. (« La notion d'éthique chez Søren Kierkegaard peut-elle être comparée à l'univers kantien de la morale défini comme impératif catégorique ? ») c'est celui de Bollet qu'elle a choisi. Bien sûr, il était à cet instant plus près d'elle, mais tout de même, il s'est épanoui. J'ai marqué le coup.

De même lorsqu'elle nous a invités chez ses parents à Fontainebleau : elle lui a serré la main plus longuement lors de notre arrivée, c'est cependant moi qu'elle a fixé bien plus au moment du départ. Il faut d'ailleurs mentionner que c'est durant le voyage de retour qu'ayant constaté que notre belle avait été particulièrement vibrante, serpentine et vif-argent, que nous avons décidé de la surnommer « le furet de Fontainebleau ». Nous n'avons cessé d'en rire qu'à la gare de Lyon.

Donc, les mois passaient et Colettegermainesuzanne ne donnait aucun signe pouvant témoigner d'une préférence quelconque pour l'un d'entre nous.

Jusqu'à tout à l'heure.

Nous devions voir *Dies Irae* de Carl Dreyer, cinéaste rigoureux admirablement funèbre, aux images d'encre et de neige, et dont la passion pour les cimetières, temples et jardins de presbytère nous était chère. Le ciel nous fut contraire car nous n'avions pas achevé de traverser la rue Soufflot en direction du cinéma que des cataractes se déversèrent sur nous. Je résistai à la tentation d'ôter ma veste pour en couvrir les épaules de l'objet de notre désir, geste que j'avais vu accomplir peu de temps auparavant par Cary Grant auprès de Joan Fontaine et qui m'était apparu du dernier galant, mais que je n'osais répéter de crainte d'apparaître bien trop entreprenant... Et puis, c'eût été faire remarquer à notre jeune aimée qu'elle pouvait se mouiller et, pouvant se mouiller, c'était lui révéler qu'elle possédait un corps, mouillable, donc une enveloppe charnelle, ce qui, pour une étudiante spécialisée dans l'étude des textes existentiels des philosophes danois du XIXe siècle, aurait pu créer un choc. Nous courons.

Violent et vertical déluge. Les gouttes donnent l'impression de rebondir dans un géant crépitement de machine à écrire. Une pluie de mousson, inexorable, qui noie les façades, le Panthéon disparaît, déjà de la rue Cujas jaillissent des cascades. Avec ensemble, nous fusons dans un café qui s'ouvre là, bouche d'ombre dans le mur, et nous pilons devant le comptoir, plantés, ruisselants comme des parapluies.

Coup d'œil de Bollet à sa montre.

— C'est trop tard pour la première séance.

Il a raison.

— On pourrait aller à la deuxième, suggère Furet de Fontainebleau.

Ça me fait manquer un cours de Vladimir Jankélévitch, mais on ne badine pas avec l'amour. Rester quatre-vingt-dix minutes dans le noir auprès de la personne adorée dans la plus totale immobilité et le plus parfait silence est un enivrement qui n'a pas de prix. D'accord pour la deuxième séance. Et puis, surtout, pas question de les laisser seuls, elle et Bollet.

— Trois cafés s'il vous plaît.

Dehors, à travers le double écran des rideaux délavés et des vitres larmoyantes, la rue vide tourne au raz de marée. Maelström des caniveaux et des bouches d'égouts, le ciel violet se répand, un vieux ciel hydropique au ventre crevé.

Je regarde les lieux. Nous ne sommes jamais venus ici. J'ai dû prendre cette rue deux mille fois, et je n'avais pas remarqué ce café. Un calendrier de l'an dernier voisine sur le mur caca d'oie avec la réglementation sur l'ivresse publique. Quatre tables nappes-carreaux et, derrière le zinc, un quinquagénaire à raie médiane, surmonté d'une étagère à bouteilles, lit rêveusement un quotidien hippique.

Qui chantera les lentes vies des patrons-bistrotiers ? Dehors, la vie bat, le sang des rues au pouls trop rapide s'arrête ici. D'une main large et appliquée, il dépose sur la table trois cafés pâles dans des faïences grises et regagne son comptoir. Il reprend pose et lecture. Nous l'avons interrompu.

— Tiens, remarque Bollet, un billard.

C'est quelque chose que j'avais détesté chez lui et que je lui reproche : il a tendance à dire ce qu'il voit. Ainsi, la première fois où j'allai dans sa chambre-mansarde de la rue Hautefeuille, me montra-t-il une guitare accrochée au-dessus du lit.

— Une guitare, annonça-t-il.

Même si je n'ai pas reçu une grande formation musicale, je l'avais reconnue. Je l'ai également entendu soupirer le jour où nous nous sommes rendus à la Bibliothèque nationale :

— Ça en fait des bouquins...

Donc, il se lève, va vers le billard, ramasse une queue qui traîne sur une chaise, se campe, se baisse, cligne un œil, grimace, pose trois doigts en trépied sur le feutre vert et la boule blanche magiquement frappée heurte en douceur les deux autres.

Le sort veut qu'en cette stupéfiante seconde mes yeux tombent sur Colettegermaine, etc. Je découvre sans rémission aucune l'étendue de mon infortune : pour la première fois depuis que nous la connaissons, elle ne frétille pas. Elle gît, frappée, dans le fond de la poêle aux stupéfactions.

Bollet a déjà enchaîné le deuxième coup. Une visée avec effet rétro et bande avant.

La douleur sourd. Je me recule sur ma chaise, savourant, masochiste, la naissance d'une idylle dont je serai l'exclu. Elle l'aime, c'est fait, fini, cuit, râpé, in the pocket, Bollet par K.O.

Lui, triomphant, naïvement dédaigneux de son succès, continue sa démonstration virtuose, multipliant difficultés, massés et mathématiques-précision.

Elle le contemple, elle est à lui. Foutu pour moi.

C'est le même coup que l'harmonica. Surgissement inspiré d'un talent irrepérable et jusqu'à présent dissimulé.

Bollet, qui n'en avait jamais fait état, était plus riche que moi d'une possibilité dont il niait, par son silence même, l'importance. Il avait, d'un coup d'un seul, rajouté deux cordes à son arc : la modestie et l'originalité spectaculaire. Il était devenu surprenant.

C'était décidé, elle serait à lui et je resterais seul, éternellement, sanglier blessé, sans gémissements, sans murmures : pour les êtres de culture, la souffrance qu'engendrait la solitude était une indignité. Je saurais rester noble.

Je n'épilogue pas sur l'apparente absurdité qu'il y a à voir une jeune fille, philosophe, donc spécialisée dans les questions fondamentales concernant la vie, la mort, l'être, Dieu, le néant, succomber aux charmes d'un homme pour l'unique raison qu'il joue au billard. Cela fait partie de l'humaine nature, et nul n'en découvrira jamais les insondables profondeurs, mais il en fut ainsi.

Bollet et Bollette parcoururent dorénavant seuls les allées du Luco, les cinémas du quartier Latin, les cafés cernant la Sorbonne. Je les rejoignais parfois, mais avec réticence. Je n'osais refuser totalement de me joindre à eux pour ne point paraître mauvais joueur. Je les surpris quelquefois, au hasard de la vie étudiante ; ils marchaient main dans la main et semblaient en proie à un ennui mortel. Je n'ai jamais osé imaginer leurs ébats. Adieu Bollet, adieu Bollette.

Cette historiette est représentative. Bien des années plus tard, à la fin du service militaire, je rencontrai Merlanetti, garçon cousu de femmes. Il devait son succès à une technique particulière qu'il dénommait lui-même « la cheminée intérieure ». Elle consistait à avaler une cigarette allumée et à laisser sortir la fumée par les narines. Je n'ai jamais vu une seule femme résister à la démonstration. Plus tard, Broussus, maigre collègue du lycée de Saint-Mandé, devait s'acquérir les tendresses de Mme Vidalian, surveillante générale, par un don d'imitation qui devait l'amener en salle des professeurs à reproduire, avec une exactitude hallucinante, la voix du général de Gaulle... Les exemples se succèdent dans ma mémoire... Toujours, c'est une facétieuse et apparemment anodine activité qui apporte le triomphe. La belle vaincue cède au héros car il sait marcher sur les mains ou faire bouger ses oreilles. Il peut l'avoir sauvée vingt fois des flammes, avoir plongé cent fois au plus profond d'océans déchaînés et avoir sacrifié pour elle honneur, famille et patrie, rien n'y fera. Mais s'il arrive un jour tranquille et, mine de rien, se met à jongler avec deux bananes et une vieille orange, elle se donnera, enthousiaste et lascive.

Telle est au fond ma malédiction : je fus, à une époque, totalement amoureux et de façon discontinue d'un nombre assez élevé de créatures. Je fis tout pour elles, jusqu'à voir trois fois de suite *Jeux interdits*. Je leur prêtais mes livres, j'allais, bien que n'en ayant nulle envie, jusqu'à me dandiner sur des airs de be-bop dans des endroits irrespirables, je souffrais, étant assez amateur d'amours à meurtrissures qui me semblaient plus authentiques... Je me traînais donc, jeune Werther de Saint-Mandé, portant sur mon visage fiévreux les marques de mon cœur martyrisé, j'étais avec l'aimée respectueux, tendre, empressé, délicat, bref adorable, et soudain, alors que je m'alanguissais dans l'une de ces poses qui tenaient le juste milieu entre le Lorenzaccio de Gérard Philipe, l'Adonis percé d'une flèche et l'étudiant idéaliste respirant la douceur du soir, passait un crétin, un histrion sans foi ni loi, qui improvisait un numéro de claquettes, jouait des castagnettes, soufflait dans un biniou ou faisait le cochon pendu, et hop, envolée la mignonne. La femme, créature de surface, se laissait prendre aux paillettes et restait sourde à la profonde massivité des sentiments éternels.

Les années passent, je vieillis avec réticence. Il me semble ne pas avoir eu mon content d'aventures... Je sens en moi un capital que je n'ai pas dépensé, je suis un laissé-pour-compte de l'amour, j'ai vécu au-dessous de mes moyens, rien de plus triste. Je me suis mis de plus en plus à m'inventer des idylles. Angelina possède une mère charmante et jeune, on la prendrait pour sa sœur comme dans les publicités pour crèmes hydratantes. Le père est mort. Nulle originalité à cela. J'ai toujours de façon systématique tué les pères des femmes que j'inventais. Simple mesure de précaution : ils pourraient s'opposer à notre union. Donc, elle vit là, je la vois enfant (des nattes peut-être), elle court sous les arbres jusqu'à la place toute proche, elle prend le métro, révise sa leçon, elle grandit, c'est une jeune fille à présent... Si différente de ses compagnes, elle lit beaucoup, fait du basket, un peu, soigne sa grand-mère cancéreuse... Elle a trente ans, belle situation, femme d'affaires, ses bureaux sont à La Défense ; un jour hépatite virale, convalescence recommandée aux Baléares, elle s'y rend, fume une cigarette un soir sur la terrasse de l'hôtel ; le village s'étend au-dessous d'elle, crayeux de lune, la mer scintille, elle sent une présence derrière elle, elle se retourne.

C'est moi.

La musique enfle. Étirement des violons et des cordes, promenades le long des plages vides (nous sommes hors saison), nous mangeons des coquillages en buvant des vins espagnols dont elle raffole. J'ai loué une Aston-Martin. Pique-niques. C'est demain le départ. Dernier soir : dans le hall de l'hôtel, championnat de ping-pong. Je m'empare d'une raquette et, une main dans la poche de mon smoking, je pulvérise le champion local en deux manches, 21 à 0 et 21 à 4.

Escalier feutré des vieux palaces. Nous montons.

— Vous jouez souvent ?

Je hausse les épaules, tout cela n'a vraiment aucune importance.

— J'ai joué autrefois...

Elle pousse la porte de sa chambre, ses lèvres gonflent, ses yeux chavirent.

— Viens.

Et voilà le travail. Je dois tout au tennis de table.

Octobre 1986.

Lorsque Denise est arrivée cette année-là, j'ai compris que je n'aurais pas trop à forcer pour fantasmer sur elle.

Elle avait un truc particulier et qui doit être assez rare : elle était habillée exactement comme il fallait qu'elle le fût, étant donné son travail, son statut et les conditions météo. Une perfection d'équilibre. Ma fascination vint de cet ajustement parfait avec le milieu ambiant.

Ceux qui expliquent tout de façon abusivement glandulaire diront que j'avais cinquante-six ans et elle trente-deux. C'est une interprétation à laquelle je n'adhère guère, ayant été en fin de compte un fervent partisan de passer inaperçu. Ma vie était, de ce point de vue, parfaitement réussie. Et un couple à grande différence d'âge a tendance plus qu'un autre à attirer le regard. Je n'avais d'autre part jamais été un amateur fanatique de chair fraîche, c'était même le contraire, les dames de mon âge, voire plus anciennes, m'ayant toujours paru, le plus souvent à tort, plus maternelles.

Trois jours après sa première apparition, alors que nous nous croisons dans les hauts couloirs sonores qui jouxtent le grand amphi, nous échangeons un sourire et, dans les cinq dixièmes de seconde qui suivent, je me retrouve avec une envie intempestive de faire le con, symptôme qui ne m'a jamais trompé ; je suis amoureux perdu.

Alléluia et catastrophe.

L'un parce que la vie va subitement se survolter à me faire péter les coronaires. L'autre parce que cette jeune femme souriante et convenable doit posséder amants, fiancés et trimbaler une cohorte de godelureaux chevelus, sportifs, baraqués, libres et possesseurs de décapotables rugissantes.

Ce qui caractérise le séducteur est l'indifférence coupable envers ses semblables. Pour lui, la femme visée est toujours sans attaches, les hommes qui la possèdent, la désirent, la détiennent, légalement ou non, sont menu fretin et roupie de sansonnet. Le mâle oublie le mâle pour l'obtention de la femelle. C'est l'inverse pour moi : si elle m'avait annoncé tout benoîtement qu'elle avait un lointain cousin avec qui elle avait échangé quinze ans auparavant un frôlement de lèvres pendant des vacances bretonnes, et que depuis il lui envoyait une carte postale anniversaire de ce baiser fugace en provenance de Douarnenez, j'aurais très promptement disparu de sa vie, en m'excusant d'avoir pu penser y pénétrer. Une sorte de resucée de la loi du premier occupant... une retombée de cour de récréation : « C'est à moi, j' l'ai vu le premier... » En un mot, mon défaut est de respecter l'homme en place. Je ne suis pas chasseur, je ne déloge personne, je trouve ça pas bien du tout : hors de tes pantoufles, crétin, que je m'y mette... Impensable. Et comme, en plus, je n'ai jamais pu voir une femme sans lui supposer un ou plusieurs coquins sous l'édredon, ceci explique que ma carrière d'amoureux ait été largement grevée par les scrupules.

Il n'en fut rien avec Denise, et cela dès les premiers jours. Au cours d'un déjeuner éclair dans une pizzéria gréco-levantine de la rue Saint-Séverin, alors que Fajambert tapait dans le parmesan pour en couvrir ses cannellonis, la conversation roula sur la notion de famille idéale. Fajambert défendit la conception du groupe matriarcal à filiation par les femmes, style tribus du haut Niger, tandis que, facétieux en diable, j'argumentais pour le système polygamique des habitants du bas Orénoque.

— Et vous ?

Elle a des yeux d'eau calme parfois. Des prunelles-nénuphars, apaisantes.

— Mon incompétence est totale. Je fus enfant de divorcés, puis orpheline ; célibataire sans attaches, le mot famille n'évoque pour moi qu'une abstraction absolue... quelque chose d'à peu près aussi réel et attachant que le code civil.

« Célibataire et sans attaches. » Inexprimable soulagement. Je dois me cramponner à la chaise pour ne pas léviter à travers la salle. Elle est merveilleuse, superbe, sublime, surprenante, nouvelle en plus, elle est la raison et la folie, le calme et la tempête ; la violette et l'orchidée, elle est la route et la prison, elle est Venise et Montluçon.

Pourquoi Montluçon ? Difficile à expliquer puisque jamais je ne m'y rendis, mais j'imagine une province, des pavés anciens, des demeures passives, une solidité terrestre, Venise à l'envers. On peut compter sur Montluçon. Le hasard — mais y a-t-il un hasard ? — voulut qu'en proférant ces paroles nos regards se croisent, y ai-je vu ou ai-je cru y voir un appel, je ne sais, mais je dus résister à l'envie de lui proposer de partir le soir même pour les Bahamas, îles bariolées qui m'ont toujours paru être le fin du fin en matière d'amours torrides et luxueuses, et surtout en rupture de vies.

Spécialiste de Spinoza, il quitte la faculté et s'envole pour les Bahamas en compagnie de sa jeune auxiliaire. « J'en avais marre de Saint-Mandé », confie-t-il à notre correspondant à Nassau. « Le nouveau couple a l'intention de rejoindre les côtes de Floride en catamaran. Tous nos vœux de bonheur et de réussite à Antoine et Denise. »

Nous nous voyons souvent. Inévitablement deux fois par semaine, jours où nos horaires coïncident. Le mardi et le vendredi. Les intervalles qui séparent ces deux journées sont interminables. Certains indices ne tromperaient pas Mauricette si elle prêtait attention à ce genre de choses : je me rase de plus près, je suis allé jusqu'à lui emprunter subrepticement sa crème de nuit, et surtout, surtout, je me suis mis à changer de caleçon à un rythme beaucoup plus élevé. Je ne vois pas bien d'ailleurs pourquoi, n'ayant pas le bonheur d'apparaître devant elle sans mon falzar, mais le fait est là : discuter d'Heidegger avec elle en sachant que je suis porteur d'un linge douteux me fait monter la température. Et puis, il y a toujours un risque :

nous traversons la rue des Écoles pour prendre un verre à La Chope, tout à mon propos j'avance sans prêter attention à la circulation, crac, accident, je gis, geignant sur le pavé, flics, Samu. Elle est là, anxieuse, proche, me tenant les mains, ma vue se trouble... le docteur enfin.

— Dégrafez-lui son col et enlevez-lui son pantalon.

Malgré la douleur, je tente de m'opposer à la manœuvre, mais deux robustes infirmiers ont déjà débouclé ma ceinture. Avant de disparaître sous l'avalanche de la honte, j'ai le temps de voir le visage de Denise se crisper : elle a aperçu l'immonde slip aux effluves nauséabonds qui me recouvre les fessiers. Sa grimace scelle mon effroyable destin, sa traduction est aisée. Être méprisable qui osait manier les idées dans les hauts lieux de la pensée, tu avais l'outrecuidance de pérorer, porteur de dessous litigieux et odoriférants, je n'ai plus désormais pour toi que sarcasmes et dégoût.

Curieux, ce rêve revient, quasiment obsessionnel. C'est quelquefois une simple entorse, je suis emporté à la pharmacie, on me retire chaussures et chaussettes, et la foule qui a envahi le magasin recule et s'exclame : « Un garçon si bien mis ! enfin, apparemment bien mis, et regardez-moi ça ! ces orteils ! cette crasse croûteuse ! mais à qui donc se fier ? » Car, en fait, c'est ça qu'ils ne supportent pas : j'ai une tête à être propre, net et récuré, la raie sur le côté, la cravate, les pompes cirées, tout impeccable, un vrai petit civil de plomb, un mannequin dans une vitrine, et tout à coup ils s'aperçoivent que, dessous, c'est le cloaque, la gadoue, mon moi réel, profond, caché, est envasé, pli au pantalon et calbar guenilleux, le dessus bienséant, le dessous chenapan, mais je m'égare.

De mardi en vendredi et de vendredi en mardi, les progrès se dessinent. Il y a eu des étapes d'importance : c'est fin novembre que nous avons pris notre premier café en fond de salle. Il faisait bon sur les banquettes, dehors l'automne s'entraînait pour devenir hiver, le soir était brouillardineux, pluies grises et grasses, les lampadaires s'étoilaient, halos, halos, j'écoute... Je l'écoute en effet dans le bleu de sa Gitane qui ondule, les fumées ont-elles des hanches ? Elle a un parfum que toutes les autres n'auront pas eu, celui des amours dernières... feuilles mortes et mouillées avec une pointe de girofle et d'échec. « Ultime Passion » de chez Berthier, vendu en flacons d'un demi-litre, réduction pour les personnes âgées. Elle porte un blouson vieux cuir, une fringue de rockeuse que la soie du foulard adoucit, une jupe sage d'enfant flanelle. Je serai en retard ce soir à Saint-Mandé, quelle importance cela a-t-il ? La grille grincera et mes semelles crisseront quatre fois sur les graviers mouillés de l'allée. Quatre fois, pas plus : il y a deux mètres jusqu'au perron. Ici est la vraie vie. Notre voisin de droite lit *Le Monde*, à gauche deux étudiantes s'étiolent sur les méthodes statistiques dans la sociologie de Durkheim. Derrière, la Sorbonne pèse de toutes ses tonnes de savoir et de clarté, Denise me fait face et se raconte. Je connais à présent par cœur le dessin de sa bouche, il me revient la nuit dans le silence noir de ma chambre. Je m'installe devant lui comme un touriste devant un tableau, je le regarde et m'épanouis en un sourire. Adossé aux oreillers, je dois avoir l'air con et ravi...

Et puis s'est produit le premier effleurement. Je ne parle pas des poignées de main toujours insignifiantes, non... Il y avait peu de monde dans le hall et dans la cour, sur les escaliers de la chapelle la neige tombée dans l'après-midi avait commencé à fondre. Tout avait pris, pierres et ciel, une couleur de serpillière. J'ai attrapé un coup de blues, instantané comme un revers de matraque... sans raison, ou il devait y en avoir trop pour que je les sépare les unes des autres : le temps qu'il faisait, le temps qui passait, ces générations qui se succédaient, et Spinoza qui s'éloignait. J'avais détecté dans la marée d'étudiants qui me faisait face un type qui dormait. Pas le petit somme de l'après-midi, pas le vacillement passager à l'heure de la sieste, bien excusable, vite repris... Non, il était au centre en plus, au deuxième rang, droit devant moi : il gisait, étalé, bienheureux, écrasé, noyé sous des millions de mètres cubes de sommeil dense. A se demander s'il se réveillerait jamais, s'il resterait là des années, enfoui, ailleurs, parti. J'en ai perdu le fil du discours... Spinoza en panne, en pleine côte, impossible de redémarrer, de remettre les gaz, je pédalais dans le vide, de redites en âneries. Et les autres autour qui prenaient des notes, languissants, mâchouillant les bubble-gums de l'ennui. Qu'est-ce que je faisais là, hein ? Qu'est-ce que j'avais à les bassiner avec mes cours ? Les temps changent, pendant que tu leur livrais des tartines de philo, les autres avaient eu le temps d'inventer la télé, la vidéo, les ordinateurs, des vaccins, le sida, l'informatique, tout leur bordel ; on téléphonait sans fil, on roulait sans plomb, à six ans les mômes tapaient sur des boutons, on payait par cartes, même moi je m'en servais, et pendant tout ce temps, où j'étais moi ? Eh bien ici, imperturbable, je balançais la même sauce comme aux heures de la plume d'oie et des diligences. Pas étonnant qu'ils roupillent, ils devraient tous dormir, d'ailleurs, ronfler profond, et cette histoire avec Denise, tout ce cinéma bonbon fondant que je me faisais, ça voulait dire quoi ? Une seule chose : j'étais gâteux. Elle a vingt ans de moins que toi, Denise, pauvre taré, elle boit des cafés avec toi, fume trois Gitanes, discute et puis, bonsoir monsieur Berthier, bien des choses à votre dame, et qu'est-ce qu'elle fait en te quittant ? elle rentre chez son copain, elle sprinte dans les escaliers et ils se foncent dessus, ils se dévorent, se possèdent, se lacèrent, se macèrent, s'emberlificotent, s'entrelardent, s'interfèrent. Qu'est-ce que tu crois, pauvre abruti, qu'elle relit tous les soirs Maine de Biran en écoutant Albinoni ? C'est la reine du coup de reins, Denise, avec plein d'amants américains, un basketteur de deux mètres, un surfeur bronzé et californien, des chauds du slip, muscles apparents et sexe à rallonge comme dans les pornos. Tiens j'en ai vu, au fait, encore une chose qui m'a démoralisé... de remarquables acteurs, les types, avec chacun un camion dans le calbar. C'est pas eux qui craindraient l'éjaculation précoce. Ils peuvent rouler trois jours d'affilée. Tous des copains à Denise. Allez, rentre chez toi, brave vieillard et cap sur les banlieues.

Elle m'attendait en haut des marches.

— Oh la la, ça ne va pas ce soir, vous...

Ça m'a étonné qu'elle le remarque. J'ai tellement l'habitude que mes états d'âme passent inaperçus que je ne me donne plus grand-peine pour les masquer.

— Non, non, pas du tout, pourquoi dites-vous cela... ?

Toujours faux jeton, le père Antoine. Surtout ne pas se raconter, ça risquerait d'ennuyer les autres. Ce serait trop simple de dire : « Un coup de cafard, un crétin qui ronflait, et ça m'a remis en question, je m'emmerde ici, chez moi, partout, en plus j'ai envie de vous, et plus l'âge pour ça... » C'est à ce moment-là qu'elle a eu le geste.

— Ne me racontez pas d'histoires, ça ne va pas et je le vois.

Un peu estomaqué, je proteste :

— Et vous le voyez à quoi ?

— A ça.

Elle lève la main droite et effleure ma joue. Son doigt suit la ride qui, de l'aile du nez, descend jusqu'au coin de ma bouche.

— Vous l'avez toujours, mais quand ça ne va pas, elle se creuse davantage.

— Ah bon...

Des années d'études, des milliers de livres lus, des conférences, des examens, tout cela pour en arriver à cette réplique. Et puis j'aurais dû foncer, enfin quoi, merde, une femme qui vous caresse la joue, c'est pas pour rien, elle a bien une idée derrière la tête, c'est un appel, lumineux en plus, un phare dans la nuit, c'est qu'elle vous désire, qu'elle vous veut, qu'elle se livre, elle le fait pas pour faire joli, c'est une invite : regardez, Antoine, je suis jeune et belle, et je vous touche pour que vous compreniez bien, que voulez-vous de plus... C'est vrai, qu'est-ce qu'elle pouvait faire d'autre ? Me rouler une biscotte en plein amphi ? Me passer des mains dans les cafés ? Se désaper sur le Boul-Mich ? Et moi, l'aventurier du Val-de-Marne, au lieu de m'engouffrer dans la brèche, de l'emporter dans les haubans, de lui larguer toutes mes drisses, terre, terre, vire au guindeau, good bye farewell, qu'est-ce que je fais ? Je me dandine, un pied sur l'autre, je fais mon sucré, celui qui n'a pas compris... Pire, même, je me trouve des raisons de ne pas comprendre. Je m'explique à moi-même que, pour les générations nouvelles, les significations ne sont plus les mêmes. C'est beaucoup, tout, même, il y avait de quoi grimper aux rideaux ; mais aujourd'hui j'en vois dans les couloirs, la rue, le square, ils s'étreignent, s'enlacent, se bisent, se caressent la croupe, on se dit qu'ils doivent se faire les nuits frénétiques, on les imagine accrochés à des lustres, eh bien pas du tout, ils sont copains, ils se prêtent des polycopiés et se piquent des chewing-gums en ricanant comme dans les pubs Coca-Cola. A vomir.

C'est la semaine d'après que j'ai osé. On peut

dire que je me serai flagellé pour y arriver, mais enfin j'y suis parvenu. Ça a dû être laborieux mais le résultat seul compte. J'ai eu l'idée en plein milieu de la nuit, sa lumineuse violence m'a réveillé d'un coup, tout juste si je ne me suis pas dressé dans mon lit. Elle tient en peu de mots, sa simplicité brutale a de quoi surprendre quand on connaît mon audace parcimonieuse : et si je lui propose un rendez-vous ? Tel que.

Après tout, je peux avoir des raisons professionnelles, l'entretenir de méthodes pédagogiques et... non, elle n'y croira pas une seconde. Un rendez-vous, voilà, tout simplement, sans raison.

Et si elle me demande pourquoi, qu'est-ce que je lui réponds ? Et encore heureux si elle me le demande. Elle va refuser d'entrée.

— Je peux avoir un rendez-vous ?

— Non.

Prends ça dans les dents. Pas de question à se poser puisque, de toute façon, elle refusera.

Et puis il y a autre chose : un rendez-vous, c'est bien joli, mais un rendez-vous où ?

Un rendez-vous, c'est pas quelque chose en l'air, il faut trouver un endroit, et pas n'importe lequel, que ce soit plausible, agréable, romantique, et puis qu'il y ait une raison... J'ai d'abord pensé au zoo de Vincennes parce que c'est près de Saint-Mandé, mais j'ai su faire taire en moi l'homme timoré, celui qui ne s'écarte guère du terrier, lapin fragile, et j'ai opté pour le Marché aux Puces.

C'est pas mal ça, le Marché aux Puces. Il y a un côté désinvolte à dire comme ça, tout à trac, à l'improviste : « Tiens, au fait, et si nous allions au Marché aux Puces ? »

Évidemment, c'est à l'autre bout de Paris, mais enfin. Bon, d'accord pour le Marché aux Puces. Oui mais attention, quand ? Parce que c'est bien gentil de savoir où, mais encore faudrait-il savoir quand. L'espace et le temps, l'un ne va pas sans l'autre. Catégories à priori de la sensibilité, on apprend ça dès la terminale.

Samedi. Samedi matin. J'expliquerai à Mauricette que j'ai une conférence pédagogique exceptionnelle. Voilà, c'est réglé. Le coup est minutieusement préparé.

« Et si nous nous retrouvions samedi matin au Marché aux Puces ? »

Désinvolte mais efficace. Je lui dirai mardi prochain.

J'ai connu plus d'hivers que je n'en connaîtrai.

Banalité, mais je ne me débarrasse pas de cette idée depuis ce matin. Avec elle, il m'en est venu une autre : c'est l'inverse pour Denise. Plein de saisons devant elle, une multitude d'étés, une succession de froidures... Moi, je n'en ai pas beaucoup profité, trop de livres lus et annotés pour prêter attention aux printemps... De temps en temps, un éclair me venait : à un parfum de marronniers au Luxembourg, à une étudiante emmitouflée dans une écharpe, à une terrasse multicolore et bondée, à des feuilles tombées sur le Saint-Germain, je détectais la période mais je n'en ai pas profité. Elle si, je la sens plus attentive que je ne le fus aux choses de la vie. Donc, pour en finir avec ça, je dirais que le nombre d'automnes que nous passerons ensemble est chichement limité. Un seul peut-être d'ailleurs... Où sera-t-elle l'année prochaine ? Nommée à Lille, Rennes, Strasbourg ? Dépêche-toi, Antoine, dépêche-toi, le temps te dévore, tu l'as usé, il en existe un bout, effrangé, profite avant que l'on en voie la trame.

— Vous n'avez pas envie d'aller aux Puces samedi matin ?

— Le samedi matin, je vais au gymnase.

— Ah.

— Et puis, j'ai horreur des Puces.

— Ah.

Qu'est-ce que tu croyais, rigolo, mais qu'est-ce que tu croyais ! Lentes déambulations, bras dessus bras dessous, dans les allées du passé, louvoyons mon bel amour à travers ces vestiges... anciennes bergères, flambeaux d'autrefois, robes de marquise, un soleil maniéré glisse sur les porcelaines... Comme il fait bon... nous sommes, amants d'aujourd'hui, les visiteurs du temps jadis... Rengaine tes images et rentre dans le rang. Come-back à Saint-Mandé.

— ... mais je suis libre l'après-midi.

— Ah.

— Et je suis sûre que vous ne connaissez pas les jardins Albert-Kahn. Je veux que vous les voyiez.

— Ah.

Je rentre chez moi au radar. Le plus fort de tout, c'est qu'elle a l'air de trouver ça normal. Femme moderne. Pas émue pour un centime, et en plus c'est elle qui m'emmène, qui choisit, qui décide, vieil homme à l'endroit dans un jeune monde à l'envers. Quatre jours à attendre. Quatre-vingt-seize heures. Mon Dieu, ça ne passera pas. Jamais samedi ne viendra.

Je m'habillerai comment ? Mon imper plutôt que le manteau qui m'engonce ; il fait plus cinéma, plus dur de dur. Je pourrais tenter le jean mais ça ferait peut-être trop. Pourquoi pas la barboteuse, voire la grenouillette ? Ou alors la cravate, la verte avec les zigzags, la plus estivale. Et s'il fait moins douze ?

Il ne fait pas moins douze, il fait plus dix et il y a du soleil sur les prairies. Peu de monde... Trois Anglaises musclées déambulent sous les ombrages vermeils. La ville est là, à portée d'oreilles, une rumeur des quais de Seine ; ici, sur les ponts japonais enjambant les cascades, règnent les ors que l'automne fait naître. Elle porte l'un de ces blousons trop grands qui rendent les femmes plus fragiles... Joli cow-boy de fin de semaine. Je me sens bien et c'est si rare. Des galets polis bordent des rivières pour poupées sur les berges desquelles des bambous se dressent. Étrange endroit... Ce dut être large et ouvert autrefois, les arbres devaient descendre jusqu'aux berges, sur l'autre rive commençait la campagne... Aujourd'hui, les rues, les routes ont corseté les forêts minuscules, le lac en réduction, mais il demeure le charme, un rendez-vous d'arbres : ils sont tous là peut-être, toutes les plantes du monde, un rêve de botaniste... Nous tournons autour de la serre.

— Pas froid ?

— Pas froid.

Ça n'a l'air de rien, cette question, mais elle me paraît capitale ; elle évoque le corps et prouve que je m'en soucie. J'ai dû jusqu'à présent l'ignorer, faire comme si nous n'en avions pas. Et soudain cette connivence : froid égale frisson, frisson égale peau, peau égale chair, et toute chair est vivante, vivante puisqu'elle a froid...

Décide-toi, ducon, elle pourrait être ailleurs, si elle est là c'est que quelque chose se trame, elle n'est pas venue pour revoir les rhododendrons, c'est pour toi, tu as toujours été bouché, mais tout de même...

— On s'assoit ?

Bois lisse du bois des fauteuils. Le jaune d'un rayon délaye le bleu de sa pupille dans une crème véronèse. Dépaysement, pas un livre auquel se cramponner à dix lieues à la ronde. Des feuilles, de la rouille à l'écarlate, submergées par une gerbe d'aquarelle, riche et moribonde, cuivre et bronze, mes lèvres n'ont-elles pas passé l'âge des baisers ? Il y a peut-être péremption ? Une date limite comme pour les yaourts...

Finalement j'ai mis la rouge à pois noirs. Je parle de la cravate. Je l'ai enlevée dans la voiture en partant et l'ai remise à l'arrivée. La peur du débraillé a été supérieure à la volonté du nonchaloir. Ça se dit encore ça « nonchaloir » ? Depuis quelque temps, je me trouve le vocabulaire daté. J'ai failli tout à l'heure lui dire : « Que ce coin doit être beau l'été. » Rattrapé de justesse. Ça signifierait que ce n'est pas terrible aujourd'hui. « Au printemps, ça doit être tout fleuri. » Fine observation. Elle sent la compote. De près, elle sent vraiment la compote, une fillette plonge une cuillère de bois dans les confitures de grand-mère...

— Ça a dû me venir de l'enfance, je n'ai jamais cessé d'admirer toutes mes instits, mes profs, même les emmerdeuses. Je ne me suis jamais imaginée autrement que dans la peau d'une enseignante. Le reste : les hommes, un amour, l'argent, les voyages, tout est passé après... Il doit y avoir quelque chose de malsain là-dedans. Même l'athlétisme... A dix-sept ans, quand j'ai été sélectionnée pour l'équipe de France du quatre fois cent mètres, je me suis dit aussitôt : je pourrais devenir prof de gym.

Elle rit. Une infime bulle de salive reste accrochée à l'émail de ses dents...

Des branches balancées au-dessus de nous. Il va faire plus frais, la nuit tombe vite... chaque herbe le sait. Il y a dans tout le jardin comme une préparation à un recroquevillement.

— Et vous ?

— Oh, moi...

Il n'y a rien à raconter. Le graphique de ma vie est sans secousses. J'évoque Saint-Mandé, le pavillon-meulière, maman, Mémé, Mauricette, Spinoza, mon père ; je glisse vite, je n'ai voyagé qu'en envie. Je n'ai pas d'anecdotes, rien qui ne surnage, je ne vais quand même pas mentionner mon angine double en 78, pourquoi pas ma gingivite en 65 et mes trois cuites au service militaire...

— Voilà, c'est tout, rien de notable comme vous le voyez...

Il y a un vol d'oiseaux au-dessus des collines de

Saint-Cloud. Peut-être des mouettes, elles remontent le fleuve au moment des grandes marées ou lorsque le temps est gros.

— Ah si, j'oubliais... j'ai été champion d'Ile-de-France d'escrime. Amateur, bien sûr.

Faudrait tout de même pas exagérer

— Fleuret ?

— Sabre.

Tant qu'à faire.

Elle hoche la tête. Sans doute l'admiration.

Ça y est. Une nouvelle connerie. A cinquante-six ans. On dit qu'il n'y a pas d'âge. Pourquoi ? Pourquoi est-ce que j'ai dit ça ? Mais pourquoi est-ce que je l'ai dit ? C'était si morne à raconter qu'il fallait quand même une étincelle, une pointe de d'Artagnan dans la purée : regardez-moi, j'ai l'air raplapla comme ça, mais filez-moi une rapière et vous allez voir jaillir le mousquetaire. Faut bien éblouir.

Soleil d'hiver sur les fontaines. Il brille sur Billancourt, sur Paris, une splendeur lointaine, indécise dans la brume lumineuse qui nimbe les toits.

— Ça vous plaisait ?

— Quoi ?

— L'escrime ?

J'ai un geste du bras, vague et emphatique.

— Beaucoup. J'aurais aimé continuer, mais...

Autre grande mimique signifiant en gros : la vie sépare ceux qui s'aiment. Elle me regarde. Je suis sûr que c'est d'un autre œil. Elle m'a connu quelconque, pépé, anonyme, pérorant et pontifiant, un homme de chaire et de pédagogie, un crâne en quelque sorte, et voici que, brusquement, apparaît le spadassin. C'est le Bossu. Voilà, c'est ça, c'est l'histoire du Bossu : il est tordu, mal foutu, ignoble et, tout d'un coup, la main à l'épée, et hop, c'est Jean Marais.

Ici, dans ces jardins japonais, naît un nouveau Berthier. Plus fort que tous les harmonicas et les boules et billard réunis, voici le bretteur. Cyrano de Bergerac, moins le nez.

— Et vous n'en faites plus ?

— De quoi ?

— Du sabre.

Décidément, ça la marque.

— Je n'ai plus le temps, et surtout plus l'âge, il faut du souffle vous savez, beaucoup de réflexes, de la rapidité... Non, je ne pourrais plus... ou alors en catégorie vétérans...

C'est un peu court... Il faut en remettre, juste un peu, la note finale.

— Je ne dirais pas d'ailleurs que, parfois, l'envie ne me démange pas, mais...

J'emplis mes orbites de sage résignation.

— Il faut savoir faire des croix...

Voilà, elle sait à présent que je fus sportif, qu'il y a en moi quelque chose de blessé, comme une cicatrice gratouillante... Quel champion il aurait été ! Trois siècles plus tôt, il aurait pourfendu tous les gardes du Cardinal et ce dernier en prime.

— Nous rentrons ?

Je ne l'embrasserai pas. Je le sais, à présent, c'est en m'extirpant de ce fauteuil que je l'ai compris.

J'ai décidé à ce moment-là de laisser la lâcheté l'emporter. Dans quelque temps, j'appellerai ça l'honnêteté. Trop jeune pour moi, pas d'avenir ensemble, Mauricette et Saint-Mandé, cela voudrait dire des mensonges, des complications, des drames, parce que je me couperais, c'est sûr.

— Alors, ça s'est bien passé ta soirée avec le recteur ?

— Très bien, très très bien, sa femme est charmante. Un peu pincée mais charmante, un superbe appartement, mais ils devraient changer de cuisinière : le gigot était trop cuit, en revanche la tarte aux prunes...

— Tu m'avais dit qu'il s'agissait d'une réunion syndicale du SNES-SUP et que vous iriez vous faire un sandwich au tabac de la rue d'Ulm ?

— Mais c'est toi qui me parles du recteur et...

— C'était un piège. ANTOINE, AVEC QUI ÉTAIS-TU CE SOIR ?

Pris la main dans le sac. Divorce prononcé à mes torts. Elle garde Saint-Mandé, je suis à la rue, avec mon salaire et la crise du logement, j'aurai une soupente sous les toits. Denise est venue deux fois mais elle ne m'aime plus, elle me l'a dit, ses sentiments à mon endroit sont filiaux, et puis elle a rencontré quelqu'un, un champion de sabre en activité, et attention, un pro, avec sélection aux jeux Olympiques et des médailles sur tout le plastron. Je n'ai pas intérêt à aller le défier, il me clouerait au mur. Donc, pour toutes ces raisons, je laisse parler le bon sens. Tant pis, adieu dernier rêve d'amour, tu seras le plus beau peut-être, comme sont belles les choses qui n'ont pas eu lieu : Denise manquée devient irréelle puisque irréalisée.

Il suffisait d'un rien, d'un geste et je ne l'ai pas fait. Bravo. Belle victoire, amère mais belle, mon vieil Antoine, il t'a fallu cinquante-six ans pour atteindre les rivages sévères de la maturité. Tu y es parvenu, tu y as amené ta barque et elle s'éloigne, la jeune auxiliaire. Elle enfonce ses mains dans les poches de son blouson et sa silhouette s'efface, tu la reverras le mardi et le vendredi... Une amie, simplement, et jamais elle ne se doutera. Par-delà les siècles, je sens Spinoza me sourire et...

Elle m'a chopé par le col, en catcheuse. Juste au moment où je m'extirpais du fauteuil. En déséquilibre, je fléchis sur les mollets, retombe assis.

Qu'est-ce qu'elle fait ?

Le bisou.

Un bisou terrible, en force, avec tout, comme dans les films, avec lèvres écrasées, salive, langue promenée, souffle court, brutal, tendre à s'éclater les coronaires. Alléluia ! Je le dis et le répète : Alléluia !

Je nage dans la compote, je suis heureux-amoureux. Droit dans les emmerdes, à fond dans la clandestinité des amours prohibées et juvéniles.

Stop. Nous nous détachons comme deux ventouses. Son œil a ramassé tout le soleil traînant sur Billancourt.

— Bon Dieu, halète-t-elle, ne me dites pas que vous n'en aviez pas envie !

Oh que oui, j'en avais envie, oh la bonne idée

qu'elle a eue, oh que oui, oui, oui, encore oui, et sans retenue oui et toujours oui.

— Non, dis-je.

— Comment ça, non ?

— Oui, en disant non, je voulais dire par là que, bien sûr que j'en avais envie, mais que d'immenses difficultés...

— Pire que ça, dit-elle, je ne sais pas s'il ne vaut pas mieux vous jeter tout de suite dans la Seine.

Si mes neurones renonçaient à éclater en feux d'artifice, je pourrais tenter de réfléchir plus calmement, mais pour l'instant...

— On recommence, ne pensez à rien, je m'occupe de tout.

Cette fois, je m'y mets aussi, je participe. Elle ne va pas me violer tout de même, pas ici, pas en public... Plus tard sans doute... Elle a une bouche élastique, la lèvre trempoline, insatiable. C'est fantastique, j'avais oublié. Je fonds comme un bonbon, reprends-toi, vieille guimauve, tu vas finir en flaque, balayé par les jardiniers avec les feuilles mortes.

— Mon Dieu, où allons-nous, Denise ?

— Chez moi, si vous voulez.

Fusillé sur place. J'avais posé la question dans un sens large, ça signifiait en gros quelque chose du genre : quel chemin semé d'embûches et empli d'ornières s'ouvre devant nous ? Quel destin sera le nôtre ? Vers quel avenir tourmenté nous apprêtons-nous à cingler, toutes voiles dehors ? Et elle, pratique, hop, chez moi, aucun sens de l'abstraction, mais un, aigu, du pratique.

Je souris pour me donner le temps de la réflexion, je fais le béat comme le type foudroyé par le bonheur et qui est long à s'en remettre, et pendant ce temps, à toute vapeur, je tente de trouver des prétextes à refus, l'empêchement rédhibitoire. Ce n'est pas que je ne sois pas tenté, oh que non, mais ça va trop vite, je suis du temps des omnibus et elle prend le T.G.V., que dis-je, la fusée cosmique, alors je ne peux pas suivre, je reste à quai avec mes envies chamboulées, j'étais parti pour une balade à petits pas, et je risque de me retrouver dans un plumard, nu (au fait, j'ai bien changé de chaussettes ?) avec elle, à faire l'amant... En plus, une pétoche me monte et si je restais en rade ? Je suis un vieux rafiot et elle, une neuve goélette, j'ai déjà de l'angoisse, qu'est-ce que ce sera tout à l'heure... je n'ai jamais été un prince de la braguette, mais là alors.

Elle fourre son bras sous le mien, m'entraîne.

— Je sens que je vous bouscule...

— Eh bien, pas tout à fait, mais je dois dire que...

Son rire m'interrompt, deux tiers tendresse, un tiers moquerie.

— Ne me dites pas que vous êtes trop vieux.

— Justement, j'allais vous demander si...

— Ne soyez pas idiot.

Mon père non plus n'arrivait pas souvent à terminer ses phrases.

— Vous n'avez pas arrêté de me draguer depuis le premier jour.

Là, elle force. J'ai dû certainement avoir des regards, mais de là à prétendre...

— Je vous offre un double cognac pour vous remettre de vos émotions.

— Je ne peux pas en avoir un triple ?

Sa main est froide dans la mienne.

C'est un café de style bords de Marne, il sent la guinguette, des géraniums en pots s'alignent au-dessus des banquettes-moleskine. Peut-être, si l'on prêtait l'oreille, entendrait-on sortir des murs des souvenirs d'anciens flonflons. Passez la monnaie, une p'tite pièce pour les musiciens, valses et rigodons, sautillez braves gens, pioupious et grisettes, vous l'ignorez encore mais Satan conduit le bal.

— Vous êtes terrorisé, hein ?

Je n'ai plus fumé depuis quinze ans, mais je m'en grillerais bien une petite, pour la contenance...

— Terrorisé, c'est un bien grand mot.

Elle tapote sa Gitane sur l'ongle, craque l'allumette en troupier. On ne peut pas dire, à la façon qu'elle a de s'envoyer la fumée dans les bronches, qu'elle souffre d'anxiété de cancer. Elle se penche vers moi.

— Avouez-le, si je ne vous avais pas embrassé, si rien ne s'était passé, si vous étiez rentré chez vous après une simple balade avec votre assistante, vous auriez été déçu. Je me trompe ?

— J'aurais en effet ressenti comme une insatisfaction.

— Vous êtes le plus vieux modèle d'hommes que j'ai connu, dit-elle, je ne parle pas de votre âge.

Je me demande si Spinoza n'était pas un plus joyeux luron que vous. Vous avez peur de faire l'amour avec moi ?

Comment peut-on dire des choses pareilles ? Elle vient en dix secondes de briser toutes mes porcelaines, mon magasin à principes empêtrés se pulvérise, mes verres filés si précieux, mes sèvres, mes biscuits, mes chères faïences, mes subtilités, mes marivauderies, mes minaudages.

— Non, bien sûr, je...

— Moi, j'en ai envie, pas vous ?

— Si bien sûr, mais...

— On dit lundi soir ?

Lundi soir, lundi soir, mais lundi soir, c'est après-demain !

— Vous ne pouvez pas, lundi ?

— Si, si, bien sûr que si. On dit lundi...

Je dirai que j'ai un dîner chez le recteur.

Elle écrase la cigarette dans le Cinzano. Indéniablement jolie. Ma vie a basculé, je rentre dans les noires contrées de l'adultère pédophilique.

Suis-je vraiment taillé pour ?

Avril 87.

Qui se souviendra de la couleur du ciel durant ce printemps ? Le monde est ainsi constitué qu'il accumule les faits et oublie l'emballage. Le journal parle de problèmes au Liban, ça remue du côté de Tel-Aviv, on sent l'approche d'un changement de Premier ministre, Marseille prend la tête du championnat, sitôt produit, sitôt oublié. Qui peut s'intéresser à cela ? Alors que ce soir, sur Notre-

Dame et dans toute l'île, le soir baigne dans le rose buvard. Le fleuve coule, beige, et les pierres de la cathédrale se teintent d'un beurre paille fraîche. Cela ne reviendra plus et seuls ceux qui l'auront vécu le sauront... il n'y a pas d'actualité pour les couleurs. Journal télévisé de vingt heures : « Mesdames Messieurs, bonsoir, un firmament saumon nimbait ce soir les toits de la capitale, et nacrait les fenêtres, une lumière pastellisée et tendre, le juste milieu entre la mousse de barbe à papa et la tomate mûrissante... »

Je suis heureux d'en profiter avec elle, dans les verres, en terrasse toutes les boissons tournent à la grenadine. Denise a l'air de fumer son bâton de rouge à lèvres. Nous allons au ciné ce soir, une sortie décidée depuis longtemps. J'ai prévenu Mauricette que l'inspecteur d'académie tenait à m'avoir à dîner pour fêter son départ à la retraite. Elle a eu l'air de le croire, j'ai donc l'âme en paix et sirote le couchant avec la femme aimée.

Mignonne ce soir. Mignonne tout le temps, mais particulièrement ce soir. Le printemps lui va. Elle est arrivée en tornade il y a trois minutes, m'a collé une bise de voyou et se tape une bière brune épaisse comme une soupe.

Nous sommes amants. Je la regarde, pimpante, joyeuse, avec cette mobilité qui lui fait, même assise, la hanche virevoltante, et je n'en reviens toujours pas. Pourquoi moi ? Comment ça s'est fait, comment est-ce possible, moi si filandreux, si indigne...

Comment ça s'est fait ? Eh bien, disons que ça s'est fait lentement. Très lentement.

Si l'on additionne la Berezina, Waterloo, Trafalgar, Bouvines et Stalingrad vu du côté allemand, on aura une faible idée de ce que fut ma performance lors de nos premiers ébats. J'ai compris à ce moment-là que j'étais capable d'atteindre la perfection dans l'échec, je me suis surpassé dans ce domaine, un champion inversé, un recordman de la catastrophe. Le plus perturbant est que, consciente de mon désarroi, elle devint consolatrice et maternelle, et plus elle était maternelle, plus je devenais enfant, ce qui est bien normal lorsque l'on possède un tempérament influençable, j'en arrivais à recommencer à sucer mon pouce.

Effrayant. Je ne souhaite pas à mon pire ennemi de vivre ça. Pendant mes cours, je louchais sur mes étudiants, crétins magnifiques, l'éclat de leurs dents, leurs boucles lourdes, tout laissait supposer en eux une sensualité bestiale, une sexualité de grands fauves, ah, c'est pas eux qui seraient restés embourbés dans leurs complexes sous les draps de Denise ; même le père Parmelin, croisé chez l'épicier de l'avenue des Tilleuls, avec ses quatre-vingt-trois ans, m'est apparu comme un redoutable bandeur.

Tous des stars de la quéquette, tous, sauf moi. J'étais sur la planète stupre l'exception unique et lamentable. J'errais au milieu de mes dissemblables, impotent caché, cerné d'hommes puissants et infiniment érectiles. Un sort cruel m'avait marqué du pire signe : je ne pourrais extraire de la femme aimée qu'une compassion peinée, qu'un attendrissement passager, mais cette attitude consolante ne durerait pas, je les connaissais, moi, les gonzesses, un jour, proche d'ailleurs, Denise se lasserait, ce serait une remarque estompée, puis plus abrupte, puis piquante, et pour finir hop, dehors les cacochymes, hors du lit les vermisseaux de l'amour... Surtout que je présumais en elle une folle demanderesse d'orgasmes rugissants et répétitifs, je la subodorais comme étant pleine de besoins énormes, incandescents, je la voulais bavante, baveuse, en omelette, répandue... Jamais je ne serais capable, c'était râpé et pour toujours... Je n'ai jamais pu avoir le moindre très léger fléchissement sans en conclure que j'en avais fini avec la galipette pour l'éternité, alors là forcément, j'étais moine jusqu'à la tombe... je la perdais... Le pire, c'est que je me réveillais la nuit, dressé comme un mât, j'étais Alpes, Pyrénées, l'Iseran à moi tout seul, et près de moi, enduite de toutes les crèmes nocturnes imaginables, reposait Mauricette en chemise pilou. J'en avais des envies de bondir, Denise, enfin, vite... Mais c'est si loin Saint-Mandé du XIIIe, même la nuit où ça roule bien, et puis quelle excuse ?

— Mais où vas-tu ?

— Chez le recteur, un rendez-vous, j'avais oublié...

— A trois heures du matin ?

— Justement, je suis en retard.

— Antoine, tu me mens.

Je restais dans le noir, maudissant ma raideur... Jamais la philo ne me fut moins utile... Ces inconstances du corps me terrassaient, je ne maîtrisais plus rien, esquif jeté dans une absence de tourmente, je naviguais drossé par des vagues inconnues, et puis le 14 décembre à 19 h 35...

— Je crois que je vais te laisser m'offrir une autre bière.

Le soleil balance un long direct qui s'écrase sur mon œil et explose en vermillon. Elle me sourit. Demain, dans le square Notre-Dame, les bourgeons éclateront, les gosses sortiront seaux et pelles, et ce sera l'été. Nous le vivrons ensemble et la poitrine m'en gonfle, il y a même à cette idée un chatouillis dans mes quinquets, une lourdeur douloureuse qui s'appelle bonheur... C'est une chance d'être contemporains quand on y réfléchit, elle aurait pu vivre dans un autre temps, sous Louis XV. J'aurais retrouvé un médaillon, son profil peint par Fragonard et j'aurais rêvassé sur cette femme de deux siècles en retard, je me serais frotté aux domaines irritants des grandes nostalgies, vaseuses insatisfactions, jeux lugubres des amours du temps passé. Il s'en est fallu de peu, vraiment. A quelques années près, rien n'aurait eu lieu, eh bien non, nous sommes là sous ce même soleil qui tape dans la Kronenbourg et éclate d'or liquide les murs de ce Paris de l'an 87, le même pour elle et pour moi.

Allons, je lui dois d'avoir retrouvé le chant de la lumière sur les tables de bistrot.

— J'ai une surprise pour toi.

Mon froncement de sourcils la fait jubiler. Elle a le chic des cadeaux sans raison, inesthétiques et incongrus : à Noël, une paire de pantoufles en forme de B52. J'ai dû expliquer à Mauricette que c'était un gag de mes élèves. Très chaudes, d'ailleurs. Lorsque je les enfile, j'ai l'impression d'aller déverser des défoliants sur la jungle viêtnamienne. J'ai eu droit aussi à un tee-shirt Copacabana avec palmiers fluos, danseuses du ventre, Pontiac roadster, yacht dans la rade et Empire State Building en arrière-plan. Je ne suis pas sûr qu'un être humain dépassant douze ans et demi accepterait de l'enfiler, ou alors à Rio par temps de carnaval, la nuit, sous le pyjama.

— Ne te crispe pas, respire à fond et détends-toi, ce n'est pas pour t'habiller.

— C'est déjà moins angoissant. Ça se mange ?

— Pas cette fois.

J'ai posé la question parce qu'en février dernier elle m'a offert une boîte de Scarpenbrüt. Personne ne sait ce que sont les Scarpenbrüt et il est à souhaiter que ça continue comme ça. Elle m'a prévenu que c'était pratiquement impossible à trouver, qu'il fallait faire des recherches nombreuses pour en obtenir une boîte, que l'unique usine fabricante était fermée, et que ce n'était que dans des fonds de très vieilles épiceries alsaciennes, situées dans un quadrilatère de deux cent cinquante mètres carrés autour de Landersheim, 111 habitants, heureuse localité du Bas-Rhin, que l'on pouvait, après d'infinies tractations, en obtenir. Elle avait ouvert le paquet comme s'il contenait les perles de la Couronne, et nous avons attaqué la première rangée de Scarpenbrüt. J'ai cru déceler qu'il s'agissait de mirabelles confites trempées dans de la confiture, enrobées de miel d'acacia, recouvertes de crème chocolatée, le tout nappé de beurre. Je me suis exclamé comme mon père :

— C'est bon. Très bon. Très très bon, même.

Elle m'a expliqué qu'elle pouvait manger des Scarpenbrüt pendant des heures. J'ai du mal à la croire. Le taux de sucre est si élevé qu'il entraîne automatiquement un coma diabétique dès la fin de la quatrième bouchée.

— Ça ne se mange pas, ce n'est pas pour s'habiller et tu vas adorer. Qu'est-ce que ça peut être ?

Elle a quinze mille volts derrière chaque rétine. J'adore la voir comme ça, mais qu'est-ce qui m'attend ? Je hasarde, tâtonnant :

— Ça se lit ?

— Tu ne trouveras pas. Ça tient là-dedans...

Elle tend une enveloppe. Je la prends.

— Pas de chèque, dis-je, je n'accepte que le liquide.

— Lis d'abord.

Je déplie. C'est un simple prospectus. Club-Santé, rue de la Colonie. C'est là qu'elle passe ses samedis matin. Grande fête pour le cinquième anniversaire de l'ouverture de l'établissement. « Venez tous nombreux, amenez vos amis, visite des lieux, démonstration des disciplines pratiquées, etc. Jus d'orange d'honneur... »

— Ça m'a l'air palpitant, mais à première vue je ne vois pas ce que je viens faire là-dedans.

Elle s'envoie une lampée de routier belge en panne au Tanezrouft à l'heure chaude.

— C'est là que tu te trompes. Ton rôle est capital.

Tintement d'oreilles. C'est lui qui, d'ordinaire, m'avertit de l'arrivée des grands cataclysmes. Quelque chose se trame. Une très légère sueur vient de me perler la colonne vertébrale. Attention, danger, enfilez les gilets pare-balles.

— J'ai parlé de toi à Christian. C'est l'organisateur. Je lui ai dit que tu avais fait du sabre, que tu étais un ancien champion. Au club, il y a trois types qui en font dont un retraité. Tu feras un combat avec lui, une démonstration. Tu m'avais dit que, souvent, l'envie te démangeait d'en refaire...

Salive avalée, une migraine instantanée me bloque les tempes.

— Je n'ai pas dit souvent, j'ai dit parfois.

Ma voix a monté d'un coup de deux octaves. Encore un effort et je pourrais chanter le *Barbier de Séville*, le rôle soprano.

— Réfléchis : tu vas pouvoir t'amuser. Je suis sûre que ça te manquait.

— Grstzmnppfff...

— Ça ne te manquait pas ?

— Slrzvgmummmm....

— Tu ne voudrais pas t'exprimer plus clairement ? Réponds-moi : ça ne te manquait pas ?

— Écoute, Denise, c'est impossible.

Je déteste quand ses sourcils font la pagode chinoise. En cet instant c'est Pékin place Tien-an-Men.

— Pourquoi ?

— Mais parce que je n'ai plus tenu une arme depuis près de quarante ans, que j'ai tout oublié, que je serai ridicule, que je n'ai plus le souffle, que j'ai perdu mes affaires, que...

— Stop. Je suis parfaitement d'accord avec toi.

Un grand vent d'espoir vient du fond des steppes sécher mes sueurs mortelles.

— Alors tu vois bien que...

— Tous ces arguments, je les ai avancés à Christian ; tu penses bien.

Il commence à me bassiner, ce type, je ne le connais pas, mais un grand coup de sabre à travers le crâne, ça ne va pas traîner.

— Et qu'est-ce qu'il a dit ?

Elle allume sa Gitane.

— Tout d'abord, tu ne peux pas avoir oublié, c'est impossible, il m'a expliqué ça : l'escrime, c'est comme le vélo, une fois que tu en as fait, c'est pour la vie. Si tu sais nager à dix ans, tu sais toujours à quatre-vingts, même si tu n'as plus remis les pieds dans l'eau entre-temps. Pareil pour l'escrime. Pour le souffle, aucun problème : vous n'allez pas rester à vous bagarrer, il est pas fou, Christian...

— Mais tu te rends compte que...

— Et puis tu es en pleine forme, tu grimpes mes escaliers quatre à quatre, je ne t'ai jamais vu essoufflé, même pendant, tu vois ce que je veux dire, et pour le matériel il n'y a aucun problème : on te prête tout.

Rayonnante. Je ne l'ai jamais vue aussi rayonnante. Le fait de me contempler sur un ring transpercé par une lame d'acier d'un bon mètre semble la transporter de joie. C'est pas un ring, d'ailleurs, un long truc avec des fils électriques partout, des clignotants.

— Alors, tu dis oui ?

Eh bien, dit Chimène au Cid Campeador, tu la dégaines, ta rapière, mon vieux Rodrigue, ou bien on va se faire une paella ?

De l'index, j'agrandis les auréoles qui ont coulé des verres sur le guéridon de marbre.

— Ce qui m'épate tout de même, c'est que l'on soit obligé de venir me chercher, moi, alors qu'il doit y avoir plein de jeunes escrimeurs, beaucoup plus représentatifs de la sportivité actuelle, qui ne demanderaient qu'à...

Son index se dresse, impératif.

— Pas au sabre, je t'ai dit qu'ils n'étaient que trois, et puis tu oublies un argument de poids.

— Lequel ?

Elle écarte les bras. Sainte Geneviève regardant les Huns se carapater à fond de train.

— Tu es un champion.

Coup de massue final. J'ai creusé ma tombe. Je m'y suis mis dedans, j'ai rabattu le couvercle, bétonné la dalle, mis les couronnes, les inscriptions : A mon cher Berthier, et maintenant je veux sortir. Je suis fou ou quoi ?

Je proteste tout de même.

— Un ex-champion...

— Un ex-champion, c'est encore mieux qu'un champion, je connais Christian : quand il va annoncer Antoine Berthier, ex-champion de France...

— D'Ile-de-France.

— D'Ile-de-France, il va en avoir plein la bouche. Au fait, tu sais qu'on va être en retard ?

Elle glisse son bras sous le mien et me catapulte, par le quai de Montebello, vers les hauteurs de Maubert-Mutualité. Denise a une démarche de pionnière, chaque enjambée est une victoire sur l'espace et le destin... Et si je traînais la jambe ? Si je soufflais asthmatiquement, je pourrais me plaindre d'un point de côté, d'une douleur au genou, le ménisque qui fout le camp, une coxalgie, un lumbago, une sciatique, excellent la sciatique, le sabre est fermement déconseillé : le docteur me l'a affirmé, dès le premier regard : « Surtout pas de sabre, mon vieux Berthier, tout sauf le sabre. Contre-indication absolue, dès que vous voyez un sabre, vous foutez le camp, à perdre haleine, c'est mortel pour vous, vous risquez gros... » Et puis, pourquoi est-ce que j'ai choisi le sabre ? Le fleuret au moins, c'était anodin, ça ne pèse rien, une plume, c'est léger, aérien, un sport d'oiseau, de sansonnet, même si on n'en a jamais tenu un, on doit pouvoir s'en sortir ; il suffit de plier les bras, les genoux, de procéder par petits bonds, des sautillements, en grenouille, on peut donner le change... Et puis j'ai lu *Les Trois Mousquetaires* dans le temps, ça suffit peut-être comme entraînement, j'ai aussi vu des films pleins de duels : Mel Ferrer, Stewart Granger dans *Scaramouche.* Ils se battent dans une salle d'opéra, sur la scène, dans les coulisses, sur les balcons, aux fauteuils d'orchestre, partout... Tandis que le sabre, c'est lourd, mastoc... Pourquoi pas la hache d'abordage tant que j'y étais ? Je m'entends très distinctement dire avec une voix fruitée :

— Je suis champion d'Ille-et-Vilaine de hache d'abordage...

Je pouvais essayer la masse d'arme aussi, la pertuisane, le char d'assaut : « Ce soir, au Club-Santé de la rue de la Colonie, rencontre de chars d'assaut avec Antoine Berthier aux commandes de son panzer... »

— Mais dépêche-toi, on va vraiment être en retard...

J'accélère pour rester à sa hauteur.

Il me reste huit jours. J'ai peut-être le temps d'apprendre d'ici là. Mais où ? Mais quand ? Comment ?... Bonjour, monsieur, je voudrais apprendre le sabre en huit jours. Il doit falloir des années, des décennies, simplement pour balbutier les premiers mouvements... Et puis qui est mon adversaire ? S'ils me refilent un centenaire dans une chaise roulante, je vais pouvoir éviter l'embrochement, mais si c'est un costaud ? Elle a dit « retraité ». Ça ne veut rien dire, « retraité », il y a des retraités musculeux, il n'y a qu'à les voir dans les publicités, on leur donnerait vingt-cinq ans... Et puis ce sont des types reposés, ils n'ont plus rien à faire, alors forcément, ils s'entretiennent, ils ont tout le temps pour ça, vingt-quatre heures sur vingt-quatre à s'entretenir, pas plus en forme qu'un retraité. Celui-là va me tomber dessus à cent à l'heure, deux cents bottes secrètes à la seconde... Tartempion écrase Berthier 20 à 0. Au fait, comment ça marche, je ne sais même pas si ça se joue sur 10, sur 21 comme au ping-pong, sur 11, non c'est la pétanque...

Peu de monde dans la salle. Ce ciné va disparaître, ça se sent, il y a dans le râpé de ses fauteuils une usure de fin de vie, même les publicités ont l'air anciennes, le Technicolor délavé sent les années cinquante, le temps de la gaine Scandale et des brillantines Roja. Mon époque, quoi. Celle où j'étais champion d'Ile-de-France.

— Tu es bien ?

— Parfaitement bien.

Aucun souci, l'avenir est dégagé : Mauricette à Saint-Mandé commence à tirer sérieusement la gueule, mes prétextes sont élimés jusqu'à la trame, au point que je n'arrive plus à y croire moi-même, les vacances sont proches, Denise voudrait que nous partions quelques jours, ce qui va m'obliger à inventer une série de conférences aussi improbables qu'invraisemblables, et pour couronner le tout, je me bats samedi prochain, en public. A cinquante-six ans. Alors que, durant toute une ribambelle d'années, pour ne pas dire toutes, je me suis efforcé de me fondre dans les grisailles de l'anonymat, je vais parader, en blanc, comme un clown, sur une estrade, à frapper d'estoc et de taille devant une foule ricaneuse, je m'affiche constamment avec une femme de vingt ans plus jeune, nous allons dans des cafés, au cinéma, bientôt le lifting, l'achat de baskets, je vais débarquer à la Sorbonne en jogging comme dans les films américains, et amant en plus, forcené, c'est vrai que j'avais acquis un retard conséquent de ce côté-là. Donc le 14 décembre à 19 h 35 je touche le fond, je commence à prendre cette chambre en horreur. Denise a des bouquins partout, c'est mal rangé, je n'aime pas les rideaux, c'est mal peint, le lit est dur... Je suis sûr que le décor y est pour beaucoup ; si nous étions dans un endroit moins clair, éclairage tamisé avec des coussins, des broderies, le style bousbir quoi, ce serait différent. Et puis la gravure représentant René Descartes au-dessus du bureau, ce n'est pas quelque chose qui vous rende la vision du monde affriolante. Il me regarde, en plus, ce con. Témoin de toutes mes tentatives, quand on l'examine de près, c'est incroyable ce qu'il a l'air de se foutre du monde, à croire que le *cogito* est le résultat d'un esprit farceur, qu'il fut un comique impénitent.

— Je vais faire du thé.

Denise se lève, disparaît en cuisine. Voilà, c'est réussi. Alors qu'elle devrait nager en cet instant dans les eaux profondes d'océanes voluptés, elle va fricoter dans ses casseroles. Je vais me pendre, ouvrir le gaz, plonger du troisième, tout pour que ça cesse. Belle pagaille à l'enterrement. Deux femmes. Le recteur.

— C'est vrai que vous le connaissiez bien, vous avez si souvent dîné ensemble ces temps derniers.

— Je ne dîne jamais, je prends un potage et des petits Lu.

— Comment, il n'était pas chez vous toutes ces soirées..., mais alors...

Les regards de Denise et de Mauricette se croisent.

— Vous étiez son assistante, n'est-ce pas ?

DENISE *(enfiévrée) :* Plus que cela, madame, je l'aimais comme jamais femme n'aima.

QUELQUES ÉTUDIANTS *(murmurant) :* Que dit-elle ? Comment est-ce possible, lui, elle... Mademoiselle Denise, si belle...

MÈRE MARTONNEAU : Ciel, un scandale. Rien d'étonnant, il faut se méfier des écrivains policiers.

MAURICETTE : Hors de ma vue, gourgandine.

DENISE : Prends celle-là, mijaurée.

LE RECTEUR : Je le vire de l'enseignement à titre posthume.

LE PRÊTRE : Honte à Antoine, parjure et fornicateur. Brûlons le corps !

VOIX DIVERSES : Oui, oui, brûlons-le !

Les flammes s'élèvent déjà, montent au-dessus du cimetière de Saint-Mandé. La chaleur est intense à travers les planches du cercueil, je vais flamber comme une suédoise, il faut que je sorte, que je m'évade, que je jaillisse... Je me réveille, j'ai dû m'endormir quelques minutes et... mais qu'est-ce que cela, quel est, ô Créateur soudain bienveillant, ce don des cieux, serait-il pensable que...

— Voilà le thé.

Nous ne l'avons jamais bu.

J'ai même, dans la fièvre du moment, trempé un orteil dans l'une des tasses. A partir de cet instant, naquirent de belles et douces tempêtes, elles sont, il faut le reconnaître, ce qu'il y a de meilleur dans ma vie. C'est vrai, j'ai lu de grands livres, vu de beaux films, écouté des musiques, admiré des paysages, des tableaux, mais peut-être est-ce là, sous l'œil narquois de Descartes, que furent mes perfections de bonheur... Voguons sur les banalités, mais c'est vrai que j'ai failli ne pas les découvrir.

Noir dans la salle. Il y a, quelques secondes avant que ne commence le film, comme un grésillement imperceptible de la pellicule, un vent dans le feuillage de l'arbre-cinéma... C'est la part presque religieuse de la cérémonie. On s'installe plus profondément, on se racle la gorge pour ne pas tousser pendant la projection. Embarquement.

Denise cherche ma main dans le noir, la trouve, en avant pour le voyage.

— Denise...

Elle se penche.

— Oui, mon amour...

Elle a de ces expressions parfois...

— Je voudrais te dire pour le sabre...

— Finis tes phrases, Antoine, finis tes phrases. Qu'est-ce que tu voudrais me dire ?...

— Monsieur Antoine Berthier, s'il vous plaît, M. Pamphile vous attend.

Épilogue

GERONIMO.

Sans les plumes. Pamphile ou le point zéro de la communication interhumaine. A-t-il une femme ? Des enfants ? Des amis ? Peu probable.

Je suis ses gestes. La pointe de mes fesses repose sur le rebord extrême du fauteuil réservé au consultant.

— Alors, voyons cela, voyons, voyons...

Il compulse. J'ai envie de me dresser, de déchiffrer à l'envers, comme à l'école quand je copiais.

Dépêche-toi, Pamphile, dépêche-toi... Ou plutôt non, prends ton temps, ne dis rien, ou alors qu'il faut d'autres examens, qu'on n'est pas sûr, qu'on ne sait pas bien, que ça dépend, qu'on ne se rend pas bien compte... de nombreux autres tests sont encore nécessaires, jusqu'à la fin de mes jours, d'examens en examens, pendant cent ans... disons vingt...

Je devine des rangées de chiffres : les plaquettes, les globules, l'albumine, la prothrombine, le grand ragoût des intérieurs, tout en pourcentages.

— Mais il vous reste une quinzaine d'hématies, monsieur Berthier !

— Comme j'en suis heureux... quinze vraiment ?

— Exactement, et savez-vous combien il vous en faudrait ?

— Aucune idée.

— Trois milliards. Au revoir, monsieur Berthier.

Silence et froissement de papiers. Il relit, Sitting Bull avant l'assaut.

— Général Custer, il y a des Indiens sur les crêtes !

— Vous êtes cinglé, Pamphile, tout est calme. Considérez-vous comme étant aux arrêts.

Arrête, Antoine, ne joue pas pour une fois, tu vas avoir besoin de pas mal de forces pour tenir le choc. A moi les philosophes, les vieux copains de toujours, on dit que d'ordinaire vous mourez bien, sans trop d'histoires, c'est le but d'une vie de ne pas transformer l'inévitable en mélo... Camarde, excellente amie, comme vous voici entreprenante, soudain, me feriez-vous quelques avances ? Je ne vous connais point pourtant, j'ai beaucoup parlé de vous, mais nous n'avions jamais fait connaissance, ne m'en veuillez pas, vous savez comme sont les humains, discutailleurs... Et il faut bien le dire, la faute vous en revient un peu, vous avez tant voulu rester une énigme...

Taureau-Assis lève les yeux, tapote les feuillets comme un présentateur de télévision.

— Tout cela est excellent, monsieur Berthier, excellent.

Qu'est-ce qu'il raconte ? Qu'est-ce qu'il veut dire ? Explique-toi, chien d'Indien, ou c'est la balle dans le genou.

— Si l'on excepte un durcissement des alvéoles dû à un état bronchiteux chronique, les résultats n'ont décelé rien d'alarmant.

Ça, c'est Pamphile, ça lui arracherait la langue de me dire que je suis en bonne santé.

— Le taux de cholestérol, sans être préoccupant, demande à être surveillé, quant aux douleurs constatées, elles proviennent tout simplement des reliquats de...

Ouvre-toi, azur, déchirez-vous, nuages aux désespoirs violets, et vous, anges célestes, embouchez les trompettes d'argent, entonnez l'*Hymne à la joie*, sonnez, bugles et hélicons. Alléluia ! Gloire au Très-Haut, Hosanna ! Youpi ! Montjoie-Saint-Denis ! Je continue, il poursuit, le petit bonhomme, il persévère, il s'entête sur son chemin louvoyant et malaisé, voici Berthier Antoine à nouveau, votre semblable, votre frère, mon Dieu, pas de larmes, cette semaine, sur vos écrans : Antoine II. Le Retour.

Et l'autre Cause-Toujours qui n'en finit pas, qui s'emberlificote dans ses chiffres, ses graphiques, ses scanners, ses dopplers, Yop la boum, c'est le chéri de ces dames...

J'en ai presque oublié de signer le chèque. Pamphile, pour y remédier, m'a tendu le stylo ; je ne le regrette pas, que ne donnerait-on pas pour apprendre que l'on ne va pas mourir tout de suite ? J'ai une envie de marcher un peu. Il est tard et il fait nuit, et alors ? Tard pour qui ? Pas pour les vivants. Au coin de la rue de Miromesnil, j'ai téléphoné à Mauricette. Elle a paru contente. J'ai résisté à l'envie d'appeler Denise. On ne dérange pas quelqu'un le soir pour lui apprendre qu'on continue à exister. Ça paraît, à première vue, aller de soi. Et puis nous avons rompu. Peine et soulagement. C'est l'Éducation nationale qui fut cause de tout, nommée à Reims, cela fait... eh oui, six ans déjà... Ce n'est pas loin Reims, pourtant, surtout avec l'autoroute. J'ai fait le trajet, quelquefois, au début, elle revenait à Paris... C'était quand même compliqué, on n'avait pas les mêmes horaires... et puis, et puis peut-être les amours ne sont-elles pas toujours transportables... Ça a l'air comme ça, mais ça s'accroche au décor, ça ne supporte pas le voyage, denrée hautement périssable... Cela faisait longtemps que la passion s'était distendue lorsqu'elle m'a dit qu'elle avait un copain. Un Rémois. Évidemment, à Reims c'est le plus simple. Oh, ça ne durerait pas, ça n'avait rien à voir avec nous, mais enfin je suppose que ça devait être bien agréable... Sacré Rémois, il devait prendre du bon temps, j'étais bien placé pour le savoir. Une très jolie lettre, gentille... elle terminait en me demandant si j'avais fait quelques progrès au sabre. Un gag entre nous. Elle avait beaucoup ri quand je lui avais avoué mon mensonge.

— Je ne connais personne de plus menteur que toi.

Ce n'est pas de la menterie, c'est de la survie... Je

suis si transparent qu'il faut bien que je m'invente un peu d'épaisseur... un lest, pour ne pas m'envoler...

Frisquet mais revigorant. J'ai l'impression de pouvoir marcher jusqu'à la fin lointaine de mes jours. J'ai la voiture au parking Madeleine, je vais me faire la rue Saint-Honoré, et si l'envie m'en prend, direction les Tuileries, elles seront fermées mais je longerai les grilles. Avec un peu de chance et suivant le vent, je sentirai l'odeur des arbres, cette poussée qui s'exhale des herbes endormies. La nuit du jardin.

Mon ombre m'a toujours paru imprécise, elle saute en ce moment d'un néon à un lampadaire. Suivant l'angle et si je relève le col de mon manteau, je ressemble à mon vieux copain Santorelli... Tiens, j'ai vu toute une pile de Santorelli, il n'y a pas très longtemps, dans une librairie de la rue de Rennes. Ce sacré Berthier n'arrête pas.

Je pourrais essayer le polar. J'en ai commencé un, d'ailleurs, mais ça s'est vite transformé, ce fut indépendant de ma volonté... avec de légères modifications dans les premières pages, je pourrais intituler cela : « Le Panthéisme ou la perfection de la rigueur chez les néo-spinozistes. »

Et un café ? Un tout petit café bien noir dans une tasse bien blanche, à un comptoir de bistrot, ça ne te tenterait pas ça, petit bonhomme ? Tu as le droit de fêter ça, non ? Tu peux encore happer l'univers, t'en mettre plein les mirettes... Et l'univers, c'est aussi les bistrots, et c'est de l'un d'eux dont j'ai envie ce soir... Avec un rhum, tiens, un minuscule, ça ne se marie pas parfaitement avec les antibiotiques, mais au diable la pharmacie, on ne va pas se laisser dicter la vie par les apothicaires...

Les rues sont plus étroites par ici, sympathique et rutilant dédale. Les restaurants sont pleins. C'est fou ce que les gens sont jeunes par ici, ce qu'il me faudrait, c'est...

Voilà, exactement ce que je cherchais... le troquet idéal. Vous n'y êtes jamais entré, et pourtant c'est déjà familier.

— Monsieur désire ?

— Un café-rhum.

— C'est comme si c'était fait.

Sifflement du percolateur, sirène de mes paquebots en partance. Il fait chaud ici, c'est le moment où je regrette de ne plus fumer. Picotement chaleureux de la Gitane bleue... C'était Denise, cela. A l'autre bout, une dame attend... accorte, la petite quarantaine... Prostituée ? Sans doute pas, ou alors occasionnelle. Un visage de dame qui a eu bien des malheurs, mais que cela n'empêche pas de sourire.

— Merci...

Moka costaud à l'italienne, le rhum chatoie dans son verre-ballon, ambre et soie liquide. Et si je leur annonçais la bonne nouvelle ? Ça me permettrait de leur offrir une tournée, de lier conversation.

— Il neigera demain...

Le patron bâille.

— Pourquoi dites-vous cela, madame Andréa ?

— Quand la température baisse en cette saison...

C'est vrai que le temps change... Mme Andréa termine son Viandox à petites gorgées. C'est rare aujourd'hui cette boisson, peut-être n'y a-t-il qu'ici que l'on puisse en trouver... Par-dessus le rebord de la tasse, elle me regarde. Pas le coup d'œil fouineur, quelque chose de franc, direct.

Je repense à mes souvenirs de l'après-midi : incroyable ce que j'ai pu me fourrer dans des galères, comme tout aurait été calme sans elles...

— Je vous dois combien ?

— Vingt-cinq avec le rhum. Il vous a plu ?

— Excellent.

En suivant la rue Saint-Honoré, je suis tout droit à la voiture. Direction Saint-Mandé. Finalement, j'y aurai toujours vécu.

— Excusez-moi, mais votre tête me dit quelque chose...

Mme Andréa me sourit, curieuse, attentive.

— Pas à vous, monsieur Michel ?

M. Michel derrière son comptoir semble plus dubitatif.

— Peut-être bien, mais vous savez, j'en vois tellement.

Je boutonne mon pardessus, déjà mes lèvres esquissent le sourire qui en dit long. Gaffe Berthier, gaffe, récifs à tribord...

— Ce serait pas à la télé par hasard ? Dans un feuilleton ? Celui qui passe le mercredi sur la Une...

Elle a l'air persuadée, déjà... Je pourrais peut-être lui offrir un autre Viandox.

— Vous savez, j'en ai tourné tellement...

Triomphe dans le regard. Quel que soit leur âge, certaines femmes auront toujours de jolis yeux.

— Et dans « Le chemin du bonheur », vous

n'étiez pas non plus dans « Le chemin du bonheur » ?

Allons, cette soirée est ma soirée. On ne vit pas impunément.

— Un petit rôle, dis-je, un tout petit rôle.

DU MÊME AUTEUR

aux Éditions Albin Michel :

Laura Brams
Haute-Pierre
Povchéri
Werther, ce soir
Rue des Bons-Enfants
(prix des Maisons de la Presse 1990)
Belles Galères

chez Jean-Claude Lattès :

L'Amour aveugle
Monsieur Papa
(porté à l'écran)
$E = mc^2$ mon amour
(porté à l'écran sous le titre
« I love you, je t'aime »)
Pourquoi pas nous ?
(porté à l'écran sous le titre
« Mieux vaut tard que jamais »)
Huit jours en été
C'était le Pérou
Nous allions vers les beaux jours
Dans les bras du vent

*La composition de cet ouvrage
a été réalisée par l'Imprimerie BUSSIÈRE,
l'impression et le brochage ont été effectués
sur presse CAMERON dans les ateliers de B.C.A.,
à Saint-Amand-Montrond (Cher)
pour le compte des Éditions Albin Michel.*

*Achevé d'imprimer en mars 1993
N° d'édition : 12879. N° d'impression : 374-93/070.
Dépôt légal : avril 1993.*